吳淡如——著

# 人生雖已看破，仍要突破

# 目錄

自序

# 就讓我當個「花豹型」選手吧

從二十一歲開始出第一本書算起，這是我最長一段時間沒有出版任何書籍。離上一本書有兩年了吧。

雖然沒寫書，我也沒閒著。不是面臨任何瓶頸的問題，而是企圖擺脫我腦海裡那個「非如此不可」的定律的問題。

就像一個每天一定要練舞的芭蕾舞者，跳了許多年，忽然，有一天，她想掛起她的舞鞋，看看那雙不被舞鞋包覆的腳，還可以有什麼樣的行動和姿態？

寫啊寫，跳啊跳，縱然是心頭好，卻似乎被一隻看不見的手，或飄盪於空中的音樂所左右，使她在那個主旋律之外的空間，無法按照自己的真實意願而生活。

過度的熱愛往往也磨弱了靈魂，銷蝕了生命的厚度。固執的愛，從來是一種要命的獨裁。

這兩年來，雖然沒有「一心一意」的寫書稿，但是日日夜夜，夜夜日日，我無時未曾聽見那打字時滴滴答答的聲音，甚至每一回一提起筆來簽名，都恍惚有個拍擊著翅膀的小飛蟲在警告我：「是不是應該……應該寫些什麼？」

我從小嗜寫如命，也曾經依靠寫作謀生，這兩年的離開，已是我最大的叛逃。

終日思之，何日忘之。

我用「忘了寫書」的方式來實驗生活，像個逃犯一樣用比較充裕的時間享受份外的自由，認認真真做了許多想做的事。當然，在寫書和工作之外，我通常也善用時間，完成我想要完成的事情。但是，去除「主旋律」後，柔軟度和彈性，甚至角度，大有不同。

我幾乎不再出現在螢光幕上。這兩年，我跑了好些個馬拉松，又念完一個碩士，考了一些純娛樂性的執照：比如帆船、品酒師……，固定練習瑜珈和肌力，為了拓展公司業務在各國跑來跑去，認真看財報，投資了幾個目前都還在運行的項目，常常出現在和我的穿著不是那麼協調的窮山惡水和加工廠……，在孩子有假時，帶著孩子去各大洲體會生活，也讓她了解媽媽的公司和工作。

最重要的是，我要她明白：如果你會過日子，生活很有趣。

我但願自己能抱持著「生活很有趣」的看法，直到最後一次呼吸。

這就是我所謂的幸福。

很簡單，卻也沒有太容易。正如我明白能跑完全馬還毫髮無損，對我這種資質不佳的人，需要多少咬緊牙根的練習。

我剛剛在平均溫度攝氏五度的狀況下，跑完奈良馬拉松的全馬，狼吞虎嚥的吃完一大客牛排，當身體回溫之後，我的第一個念頭是，太好了，我終於有了足夠的能量，來為我的書寫序。

充滿行動力的能量，是我所需要的美麗驚嘆號。我推開電腦，拿起筆，攤出稿紙，回復成最初最初，或許是十歲時，或許更早，那個在鄉野長大，身邊分明沒有任何叫做「作家」的大人，卻堅持著想要寫書的女孩的心情。從第一個字開始，彷若一個被命令不許接觸鋼琴的琴師，終於能夠有指尖再接觸黑鍵白鍵的那一秒，暖流從指間竄流到心臟與額頭，連眼窩都是暖的。

好了，好了，對了，對了，我將自己緝捕歸隊。那個隊伍，始終只有我，對應著這世界各種美妙的聲響與種種實相或幻象。

ξ ξ ξ

我其實一點也不想做一個像作家的作家，一點也不想在任何既定隊伍後頭排隊、編號、受表揚。

用可愛動物來解釋吧。

我從小不是一隻羊。

羊是容易被圈養的。牠們柔順，偶爾會有一些小脾氣，但是對於自己的未來沒有不一樣的方向，害怕脫離原有的牧場，接受命運，但求每日有足夠乾糧。

也不是牛。

牛任勞任怨，只要戴上了牛軛，就能忍耐上身的鞭痕，跋山涉水，去自己未必想去的地方。每天拉著車，耕著田，不知安息為何物，忍耐且認命的頑抗著歲月。

當然也不是家貓。不能滿足於吃吃睡睡。野性頑強，誰也養不了，不夠可愛，不足討好。

也不是獅子，沒有以力服人的本領，對權勢與統御十分不感興趣。

如果可以選擇，讓我當一個「花豹型」選手吧。

沒事的時候，懶洋洋地端坐在樹上觀看，有事做的時候，效率極動感。

我也可以努力，可以盡力，但就是不能沒有目的地的長期費力，不知自己為何要跟著同樣的步調和作息度過此生。

對我最不管用的說法，就是「他們說」。他們是誰？

他們與我何干？

很多個他們說就是對的嗎？

不，不，從歷史看來，最強大的「他們說」走的都是一條最荒謬也最無趣，甚至最不理性的道路。

就讓他們說歸他們說，我寧願在非洲莽原，靜棲在某一棵樹上，享受一個有樹葉沙沙聲作伴的午後，或者，靜靜觀察著我想要的獵物，並風馳電掣的追捕牠。

我只想用自己的步調前進、生活。他們，請隨便說。

ミ ミ ミ

其實在我看來，要活得有趣或精彩，不難，「有趣」、「精彩」是「自己覺得」，絕不能「他們說」。你把一切活成「他們說」，「他們」恐怕在你的人生中，也找不到任何可能感謝你的機會。

年少時，我曾經很困惑於他人的眼光、他人的說法，積極爭取他人認定的榮耀，想感受他人到底覺得怎樣才是對的。

不過是在緣木求魚。

想活得有趣和精彩，其實也不用看我這本書嘮叨些什麼。簡單說，一是，要會整理自己的情緒。

情緒很多，又不懂得收編它們，常常氾濫或爆發的，不管你一輩子得到多少東西，五子登科，你都會親手埋葬自己的幸福。

是的，我看過不少到了中老年，卻永遠讓自己的情緒掌握人生的人。就像水手，只相信海浪，不相信自己能夠掌握舵和風帆，乘浪而前。情緒多的常自以為「感性」，其實真的對不起這兩個字，他們既不感性也不性感，叫做任其一塌糊塗。

二，離開「他們說」，儘量丟掉自己的「社會比較」心理，整頓出自己喜歡的生活步調。如果一個人做什麼都要有人陪，才不覺得孤單；做什麼都是有人贊同，才有安全感；有所謂專家認定，才敢前去，那麼，也只能永遠做一隻羊。

三，勇敢。其實除了歲月，你沒有什麼好失去。想做就踏出去，你不用看別人臉色，讓你的感性與理性指導你。Go for it！

日本的納稅鉅富齊藤一人曾經舉過一個例子：你眼前有一杯鹹水、一杯糖水，從外表根本看不出來味道到底是什麼，你為什麼要想個老半死，猶豫不決？喝一小口不就知道了嗎？沒有人會強迫你全部喝完。為什麼你要浪費你最大的機會成本——時間，皺著眉頭在那裡想了又想？

ξ ξ ξ

這本書，為了我想寫，而寫。

寫給跟我一樣，不想當羊的人。

你知道的，我們出生在羊群中，習於聽到吆喝和牧羊犬的使喚，不當隻羊，不容易。

但也簡單！

卷一

# 那些生命中意義重大的旅行

我習慣離開，喜歡異地，
不畏懼未知，不害怕不確定。
我相信，如果我選擇的道路和其他人不一樣，
就會有不一樣的風景在前方。

# 1 越早獨立生活的人，越早成為人生的旅行者

我很早就開始獨自旅行。

我對旅行的最簡單定義是離開家，到某一地方，獨自生活一些日子。

不只是走走逛逛，到風景區拍照。

一個習慣旅行的人終會發現，那些被推薦過的景點，往往是最缺乏當地日常生活色彩的地方，其實沒去也不是太可惜，看到的東西，通常不會比樣板明信片美麗。那些「宣傳照」，不管多美，不會讓心呼吸。

景點很像我們平時習慣用的老掉牙成語，雖然形容的是「大家都覺得對」的共同經驗，但一講再講，就變成了無新意的老生常談，我們對它麻痺到全然忘卻了它本來的意義。太習慣的東西，抹滅了我們感覺中細緻的可能。

旅行，我也會到觀光區，但是，不只到觀光區。

每次看到那些興高采烈跟著某個代表特定觀光區的碑銘合照的人們，我總忍不住微笑，想著：「證明自己曾經到過某些地方，到底有什麼特別的意義？」除了展示和炫耀之外，他們可在意自己走了那麼遠，還為了一些別的什麼東西？

走了那麼遠，若跟著熟悉的人，談著其實不必走那麼遠就可以聊的事情、堅持固有的味覺、吃著其實和自己家鄉裡差不多的口味，最後得出一個跟古人差不多的結論：「還是家鄉好。」

那麼，其實不必旅行。

**旅行的意義，對我來說是離開軌道；地球不能夠離開繞行太陽的軌道，但我們能。**候鳥為了求生，遵照著某種近乎神秘的雷達春去冬來，只能沿著它祖先的命定軌道飛行，不能夠更改途徑，但我們能。

身為人，只有一個特別可愛的權利：我們有權更改生活的方式，謀生的地點，只要我們想要。

那是我永遠不想放棄的權利。

旅行對我意義重大，勝於求學本身。

我十四歲就離開東部家鄉，到如今，我在外地生活遠超過家鄉。我習慣異地，沒有什麼鮭魚概念，覺得人老了一定就要回到家鄉才是完美人生。

甚至，我不怎麼喜歡家鄉的陰雨連綿。

小時候，我的家鄉一年曾經下過兩百天的雨。這種逃不了的潮溼感使我熱愛陽光。

我最喜歡的只是家鄉的壯闊太平洋。成長在魚市場旁邊的我從來沒有愛過河鮮，對海鮮的新鮮度也非常敏感。家鄉對我的影響，讓我變成一個「被天然食材寵壞了的鄉下孩子」，到現在我還是堅持只要開伙還是到傳統市場買菜，總覺得超級市場裡賣的用塑膠袋或真空裝、罐裝的東西跟寵物食品是類似的意思。

現代父母都捨不得讓孩子離家。

感謝我父母的放手。但說實在，十四歲，不太多的生活費，一個人到大都市念書，對我充滿意義。

它讓我學會三件事。

一，為了活下去，你沒有權利成為生活低能症者。

二，為了活下去，你必須懂得如何跟外在的世界保持和諧關係。保持和諧，但又不要完全被外在環境左右，的確是一門生活的藝術。這一點，少小離家的孩子容易學。父母的影響力在孩子離家生活的那一剎那減到最低，讓孩子可以好好自我覺醒，不受干擾的思考自己到底是誰？並且維持一種對生活的警覺。

三，學會量入為出。我很早就明白，不能夠不留明天的飯錢，不可以為了今天的欲望，讓明天的自己餓肚子。

我沒有太懷念當時除了升學主義就是教條主義的保守學校，也覺得高中苦念的那些書其實只是把初中再學一次，耗費了青春的黃金時間在許多死背的學問跟死板的愚蠢規定裡。但我仍然覺得，少小離家，仍是我一生至美關鍵。

離家後，生活變成了一連串的小小冒險，而選擇變成了旅行者必須具有的判斷力，我必須喜歡上我選擇的生活。

及早獨立應對生活讓我沒有那麼畏懼未知，也不害怕不確定，反而偏愛帶著好奇心和勇氣來看：「如果我選擇的道路和其他人不一樣，那麼，是不是我會看到不一樣的風景？」

**越早獨立生活的人，越早成為人生的旅行者。**

我當過好些年的旅遊編輯和記者。我對於出差樂此不疲，到了機場，眉頭揚起，心裡舒坦，開始感覺到心臟有新的血流注入……到現在還是一樣，我曾經一個月搭二十二趟飛機，是的，有點累，但仍然興奮。

離開了旅遊記者的工作，我更愛上自己選擇的旅行。十年前，我刻意把事業投資慢慢轉向海外。我是個怕重覆的人，旅行，如果光是吃和玩，也常讓我覺得空白。我參加過一兩次歐洲米其林之旅，每一頓都是美食美酒，大概到了第三天，過度豐盛的食物對我就不再是恩賜，而是負擔。能夠做一點別的事，增加了觀察的樂趣，才能使旅行更添精彩度。

**我希望的旅行，不只是比較美好的吃喝拉撒睡而已。**

**我在找的是一些不一樣的東西。**

# 2 若你一個人在巴黎，靈魂會看見自己

命運，是由不經意的偶然湊合而成。

海明威的巴黎回憶錄說，如果你在年輕的時候在巴黎生活過，那麼巴黎就將是你心中永遠的盛宴。

二十五歲那一年，我是個不暢銷作者，不重要打工族，已然厭倦工作中的重複，情商不高，感情上一直受挫，活不好，只想逃。看了海明威的《流動的饗宴：海明威巴黎回憶錄》，我把好大一筆工資換成機票與生活費，一句法文也不會說，我到了巴黎。

小部分時間學法文，大部分時間賣稿維生，未來茫然，現實也讓人惶恐，最大的資產是年輕，年輕最大的機會是不怕失去。

那年，我住在一位越南裔女孩租給我的小公寓。她是個有證照的會計師，每年卻只願意工作半年，剩下半年領失業救濟，她說那樣最聰明。領失業救濟金的日子裡，她打著不用報稅的零工，研究食譜，交男朋友，不結婚，滑雪飆車，想法很巴黎。

巴黎的冬天溼冷，當時的星期天因為工會緣故，什麼店都不許開門，堅持在週日開店的雜貨店老闆還會受暴徒攻擊。你只能在街上晃蕩，欣賞所有別具心裁的店家櫥窗，在咖啡廳坐一下午，或者在廣場上看比你忙碌的鴿子。

難怪有句名言說，很多人精明果斷，卻不知下雨天的週日如何和自己相處。

世人對巴黎的了解，是伸展台上的霓裳魅影，是羅浮宮的蒙娜麗莎，但巴黎人的浪漫其實老在和現實碰撞，地鐵口會有穿著舊貂皮大衣乞討的老婦，用她的溫暖微笑換取一頓飽餐。

街頭，落葉和狗屎從來不缺，新舊建築也從不違和。浪漫或現實其實沒有距離。

巴黎人有一種天生的優雅，但優雅也是冷漠的同義詞。他們不會在表面上歧視誰，但如果你長得好又穿得體面，他們才會尊重你，麗池酒店的門房和香奈兒店員的眼睛都似雷達，一秒鐘內就會判斷是否該慎重服務你。巴黎人了解什麼是必須要有的表面文章，所以不少巴黎女孩連出門遛狗都是一幅美人圖，讓人頻頻回顧。

在我看來，巴黎女人最鍾愛的色調是灰色，有牛奶氣息的灰，搭上所有的色彩，都可以美妙和諧。

那年在巴黎，我過得很掙扎，幾乎憂鬱，年輕的我自以為懷才不遇，而且滿心憤世嫉俗，年輕時我自尊心太強，自信心其實薄弱，幸福感從小對我來說就是稀罕之物。但巴黎仍是我心靈故鄉。**我學到了什麼是C'EST LA VIE（人生就是如此），這不是用來舉杯慶祝的，而是在遇到困境時，安慰自己，面對吧，這是生活，努力得頭破血流不如珍惜每一口咖啡和每一個有陽光的瞬間。**巴黎人重視每一頓飯，連流浪漢都知道最便宜的棍棒麵包在哪一家買，什麼時候出爐最好吃。巴黎人烹飪技法多半高妙，同意錢賺得多還不如吃得好。

當然，每一個國家的意識形態形成，跟它們的社會福利政策必有關係。就我看來，法國人對於國家會養他們終老的信心太高，不想過度奮鬥，這種心態對年紀大的人來說是樂天知命，但對於年輕人而言就會換成了失業率過高的數字，高不成，低不就，反而也可以過得不差。法國應該慶幸的是，他們的確擁有全球旅客們嚮往的旅遊資源，可以用最現實的態度在販賣浪漫。

歷史、旅遊與故事，才是地球上真正的稀缺資源。雖然我也會嘀咕愛瑪士柏金包就算製作再精良，但憑什麼賣那麼貴？覺得那些瘋狂蒐集柏金包的貴婦是不是錢多人傻，沒事幹加上被名牌催眠，被商業世界的惡勢力所挾持？但事實上，我自己也買過兩三個。那種「你一生一定要擁有」的口耳相傳真是一種神秘的詛咒。這也證明我實在只是個俗氣的女人。

ξ ξ ξ

我常開玩笑勸朋友，失戀、失意、活不下去，別做傻事，既然你有勇氣不想活，抱怨命運刻薄，那為什麼不乾脆「鋌而走險」？買張機票獨自去巴黎。

每一年，我還是會抽空回巴黎。到每個我熟悉的地方重溫舊時夢。和許多新興國家比較起來，它變得不多。我會租個聖母院對面三百年歷史的老公寓，假裝自己是個長住在巴黎的人，到果菜市場買菜，到跳蚤市場淘寶，吃路邊的生蠔，以夾著西班牙伊比利火腿的法國麵包當午餐，吃飯時總會點一杯紅酒，可慶幸的是塞納河畔整治得更加宜人，就算只是成天一個人在河邊散步，我都能夠露出享受的微笑。

年輕時候看著老佛爺百貨裡漂亮的衣服和包包，心裡總想著：如果有一天，我買得起多好。現在回到巴黎，的確買得起了，但什麼都不想買。這就是人生。

美食亦然。

年輕的時候在巴黎，看到那些漂亮的餐廳，多麼想每天可以「吃飯不要計算價格」的過日子，現在的我，的確不需要計算價格，要算的是竟然是卡路里。

是，是，C'EST LA VIE！

人生不是你「想當然爾」的。

**我每年回到巴黎，其實拜訪的不是風景名勝，我拜訪年輕時的自己。有這**

**麼一個地方，讓我可以追憶似水年華，是美好的。**

身為歷史上極少數一輩子都可以在太平盛世度過的我，多麼慶幸自己在年輕的時候待過巴黎。海明威，你是對的，巴黎是我心中永遠的盛宴。一個永遠靜靜在微笑的，蒙娜麗莎。

如果你有幸在巴黎孤獨的生活一段日子，那麼你就會染上某種巴黎人的氣息：碰上再糟的事也值得優雅度日，情人沒了流一場傷心的眼淚後再談個戀愛就是……**如果你好好對待生活，很多固執會脫去僵硬的外衣，靈魂或許才能看見自己。**

## 3 那些年，在印度學到的放下

剛跨過三十歲的那幾年，應該算是我感覺自己最老、最茫然的時候。單身，收入頗豐，忙碌，有過幾段不太如意的感情，也有固定男友。看來生活精彩，但是只有我自己明白，我的靈魂多麼虛弱。

那幾年，大過年假期長，我一結束工作就飛往印度的某社區靈修，糊里糊塗上了一堂「薩滿的大地能量課程」，課前甚至連薩滿是什麼都沒搞清楚。一上課才知道，老師是一位新時代的印地安女巫。

有一堂課，她要我們閉著眼睛想像自己是某種動物，又吼又叫；隨著音樂群魔亂舞，圍著一個想像中的火爐，從外往內，每一步，都要想到不愉快的事，不管大小，不論是誰，狠狠把那個討厭的事或人，丟到火裡燒掉，獸吼一聲！燒了什麼只有你自己知道。

「不管廚房裡的小強、童年陰影、父母、負心男友！別怕，都燒掉！」

祭典音樂響起。我本來以為我從來不記恨，沒想到我能丟進火裡燒掉的東西，還真是源源不絕！音樂乍停時還沒燒完。閉眼的我聽見身邊不太熟悉的各國同學，有人聲聲啜泣。

換成了非常溫柔的音樂。「把你燒掉的東西，一一撿起來放心裡，每往外走一步，撿起一個，往後一步。」

無聲的淚水流下來。我明白放進來的東西已經和我燒掉的東西不一樣。從小最讓我糾結的，其實是不管我怎麼做，從來沒讓母親滿意過……這當然也是每年過年時我竟不願回家面對團聚的原因。我的逃亡性格一直濃烈。

當下這個領悟不可能驟然改善關係，但它幫助我面對了原本想要隱藏的某些愛恨痛憂。我慢慢的了解，母親也並不是故意要讓我不舒服，她內在或許也有某些能量在衝撞著，焦慮的在尋求某種出口。她不覺得自己幸福，所以並不知道自己變化如浪的情緒與不規則的控制欲會讓愛她的人難過。

**多年觀察，不管擁有多少，只有一種女人能夠真正幸福，那就是：誠懇面**

**對一切困擾，能解決的解決，不能解決的就不憂惱，自己活得不欠缺，自覺幸福。**不管別人說什麼，她知道自己在做什麼，並能自我對話：「嘿，現在我能為妳做什麼？」

那是真正有價值的理性與感性。

最不幸的，就是一味覺得自己孤苦，一直向外求憐，把願望及控訴都掛放在他人身上。

要讓女人活得好的能力，始終應是自發性的。惡水不時會來，若不想溺水，妳得學會游。妳要活，就要讓自己身體愉快，精神也健康。

身體愉快——有時隨興放開跑個五公里，比在原地焦慮的想著問題好。

精神健康——做妳喜歡的事，比如閱讀遠比聊八卦或追劇讓我不空虛。

**我們的能量必須是一口井，那個掘出源源湧泉的人，始終是勤於自救自足的妳。**

ξ ξ ξ

我在印度學過好些課程，包括自由繪畫、自由舞蹈。這些印度的老師啟發我的是，只要你喜歡你的畫，那就是美的；不管學什麼，他們讓我明白，只要一心一意的，用安靜的心學習，本身就是一種享受。

我的印度經驗，讓我在離開學校之後，真正的愛上學習。不管學到什麼，把它當成是一種恩賜。

# 4在南極，決定轉變人生

年輕的時候，我曾經跟自己約定，四十歲之前，我要到南極。

南極是天之涯，海之角。

我對南極的嚮往，並不來自於冰和雪，夢想或征服。跟企鵝也沒有什麼真正的關係。

只是一個約定，南極是我能夠想到的，地表上最遙遠的地方。活著，總要有個還想去的所在。所以最遙遠的是南極。

我不是一個「總是」浪漫的人。

應該說，很早就必須開始謀生這件事，使我在實際生活上會非常考慮現實生活面，也了解生存其實是殘酷的，如果在生活上感覺困乏，在心態上的浪漫只不過是強顏歡笑。

奧修曾經這麼說：如果釋迦牟尼的出生不是王子，那麼他不會那麼早看穿人間富貴，如果他是生在恒河畔自幼習於看見死屍漂過，天生必須為溫飽掙扎的少年，那些生老病死的凋零，就無法在他的年少時光投下那麼重大的震憾，讓他離開他那終歸虛無的富貴榮華。

他明白什麼是俗世間最好的日子，所以他對一般人心中貪慕的生活沒有渴望。

我也深信一個人在一直與飢餓為伍時，不會太有心情為眼見的好山好水寫歌。除非他寫的是「茅屋為秋風所破歌」（不好意思，開杜甫一個玩笑！）

我是一個活得很俗氣的文青。甚至，我只能叫做一個愛寫文章的偽文青。

**我對生活的浪漫面在於，在溫飽之後，我想做的事情，未必要有什麼目的，有時候我的目的看來非常空洞而沒有根據，不為什麼，純粹只是因為承諾，對自己的承諾。**

南極有我所愛的英雄羅伯特．史考特（Robert Falcon Scott）的故事。

去南極。

ξ ξ ξ

史考特是英雄嗎？歷史上對這個悲劇英雄素來有兩極看法。一九一二年，代表英國的他，和挪威隊像比賽似的，看誰先在南極點插上自己國家的旗子。他輸了，而且求仁得仁，在距離安全地點不算很遠的地方過世。不過，那些相信他錯誤判斷的隊友，可就陷入了一場非常冤枉的災難。

最大的錯誤，聽起來有些可笑。史考特堅持用馬和人，甚至徵召了精於馬術的隊員。顯而易見的，就算是西伯利亞的馬匹也無法忍耐南極的酷寒，這站著睡覺的動物在冰原上根本無法休息，他一廂情願的判斷製造了幾乎應該稱為是虐待動物的悲劇和隊員的慘劇。儘管非常努力，他們用錯了力氣，最後，全軍覆沒。

他的對手挪威隊，用著愛斯基摩犬以及精良的滑雪設備，採取了最專業的意見，不但先馳得點，而且只花了出乎意外之外的短時間，像辦了一場精彩的冬令運動會般，在冰原上暢快滑行兩千多公里，毫無損傷的到南極點，插旗後立刻愉快的回返。

舉個例子來說明這兩個隊長的行事風格好了。挪威隊在出發前，隊長羅爾德·阿蒙森（Roald Amundsen）訂下了一個嚴格的行進規則：無論是晴是雨，每天一定要前進二十英哩，不准多也不准少、就算情境再困難，也一定得儘可能前進，更不得利用任何藉口逃避。

雖然，他們有四分之一的行程在暴風雪中度過，依然日日前進。反觀英國隊，在遇上暴風雪時，可以連續六天按兵不動，要不要動，取決於史考特個人的判斷，或是情緒問題。

不只是成敗，而且是存亡。百年後，最常被提及的名字，其實是史考特。歷史對他有選擇性的記憶。挪威探險隊長阿蒙森的名字不怎麼被記得，但是讓隊友們因為他的武斷同歸於盡的史考特卻成為一個永難磨滅的傳奇。

史考特有著悲劇英雄的所有特徵：固執，輕率，暴躁，英雄主義，寧死不改。或者因為如此，他有著人性化的親切感，看來和平凡的我們如此接近。他對這一個喪命的失敗的總結，寫在日記本中，只說：我們運氣不好……。

除了他自己，恐怕大家都看得出，這不只是運氣問題，挪威的那個隊伍，一樣遇到了無情的暴風雪，一樣遇到險峻的地形。

ξ ξ ξ

我從智利飛到南極的喬治王島，在飛機上待的時間久到想要跳機的地步。在南極，風忽弱忽強，忽然來襲的一陣風可以輕易的把人吹下山丘；溫度和天色瞬息萬變，那種一分鐘之內可以相差十五度的溫度，果真不得不讓人敬畏的明白：其實人的力量多麼微弱。在那冰冷而清新的空氣中，沒有阻攔的視野裡，的確能體會什麼叫做天空地闊的孤寂。

那個時候的我剛好四十歲，是一個過日子過得很順遂很煩悶的人。那幾年我像公務員似的按表錄製一個又一個的節目，每天不是電視就是廣播，還有日日都要交的專欄稿，我過得似乎充實，也算富裕，但就是了無新意。

按部就班，過得不錯，但好像失去了熱情。

我遵照了自己給自己的承諾，四十歲去南極。

這一點，回想起來是浪漫的。如果非常在意自己給自己的承諾是浪漫的話。年輕時渴望著一種重信用的愛情，到了四十歲最大的「不惑」就是明白，那一個會為你赴湯蹈火的王子在現實生活中不會存在，任何海誓山盟在柴米油鹽中只會變成牆面的青苔，而最在意承諾的，除了你，呵，就是你。

你必須在意自己的承諾。

返程，為了等待飛機能夠起飛，我在喬治王島等了二十多個小時，唯一能吃的只有椰子餅乾。我和兩個機師們聊起史考特。那兩位飛行年限加起來超過六十年的機師，讓我感覺風雪再大我都會很安全。

「妳知道嗎？有一次，我等了五天，一百多個小時，才能夠起飛！」他一點也不著急。

「最重要的，不是等多久，而是可以平安回到家！」

另一位淡淡的說。

**耐心。靜觀其變。當你不能改變時，你只有等待。**

最有趣的是，離開南極之後，我做了一個有趣的決定：重新讀書，念商學院。

必須等待時，等待，可以改變時，改變。

為什麼是商學院？聽起來沒有關係。其實是回來之後，我看了一篇管理的文章，講的就是二十世紀初的南極探險，裡面引用一位探險家的話說：「如果你只是想要探險，請史考特來；如果想有效率的探險成功，請跟著阿蒙森！」——之後的文章，就是管理學的內容了，講的是制度，自律與效率和流程控管，才是企業存亡關鍵。

那似乎是我想懂的……我不想活在我已經擅長處理的生活中，顯然我不是什麼山中高士的清高性格，那麼，我就選擇接近靠近現實社會一些——一個文青的腦袋都是充滿感情與激情，並沒有什麼效率與思考模型。後者，是我想要了解的。

所以我回到學校，去念了台大的EMBA。

起初並無意於轉什麼型，但的確讓我的人生開啟新的一頁。

我在南極間接的了解了一件事：其實，我的確不是個真文青。

如果我是一百年前的探險隊員，可以選擇的話，我選阿蒙森，我不想當陪著史考特送終的勇士啊。

學會有組織的了解現實世界的商業戰爭，南極，的確在我的選擇上有了天降神兵似的啟發作用。我去念商學院的理由的確很牽強。的確。但任何一個理由，最重要的不在於是否說服得了眾人，而在於它是否可以說服自己。

**在想尋求改變時，任何一個微小的理由都可以說服我自己。因為我想要說服自己。**

# 5 在老是內戰的葉門，聆聽一個天方夜譚的啟示

那一年去葉門，是一個很匆促的決定。

我忙得昏天暗地，尤其是在過年前總是沒日沒夜的在攝影棚裡度過。在錄影的休息空檔還得一邊趕著專欄稿，如果這些都叫工作，那麼我一年有三百六十五天，一天有十六個小時都在工作。

沒有時間計畫旅行，當一個朋友跟我說，只有這個行程還有名額的時候，我就糊里糊塗決定去了，根本還不知道它位於中東半島的哪一個地方。

對我來說，旅行有時候是有計畫的逃離與沒計畫的結果，這種「傻勇」我一向有，結果自認為很能在旅行中隨遇而安的我來說，葉門還真是一個需求「隨遇而安」的勇氣相當高的地方。

開放過幾年之後，如今的葉門又長年陷於內戰之中，幾乎沒有遊客上門了。

當時我心中想像的葉門，是天方夜譚的阿拉伯世界，阿里巴巴和四十大盜的故事，還有《聖經列王紀》裡希巴女王所統治的富強古國，宮女們穿著飄飄的燈籠袖，拿著擦得亮亮的阿拉伯神燈走在太陽神殿與月亮神殿裡……。

對，我的想像力太放肆了。

一飛到那個軍用機場，我好像進入二次世界大戰時代的戰爭故事，面目嚴肅的軍人，用他們的濃眉大眼盯著一群不知死活的遊客。所有來機場載遊客的「出租車」，都比汽車報廢場裡的車子糟，沒有門，沒有冷氣，最厲害的是它們在沙漠中還都能跑得很快。

連五歲的小孩都拿著 AK47 步槍和圓月彎刀，簡陋的旅館外頭，民兵拿著迫擊炮，指向天空可能飛來轟炸的飛機。天哪！我到底來到什麼地界？

漫漫黃沙中歷代人們徒手蓋出的石頭建築，天色藍得超乎所有的藍，乾燥的天候，只要遠望就可以看到幾道龍捲風飛起。我第一次發現其實龍捲風是有顏色的——貧窮的國度老被當成垃圾場，難以被大自然消化的垃圾袋，黑黑藍藍，隨著龍捲風滿天飛舞。

ξ ξ ξ

其實第一天踏進這個國家，我就像誤入叢林的小白兔一樣，想逃。但精彩的還沒開始。第二天，全團來自各國的遊客被國家軍隊保護著，一起出發探險。兩個人一部車，一個導遊，帶兩個民兵。他們就坐在吉普車的後座，嘴裡嚼著含有麻醉藥作用的阿拉伯草，拿著AK47步槍準備對付沙漠中隨時會出來搶劫遊客的遊擊隊。十幾部吉普車一起出遊，前後都由載著武裝士兵和掃射機關槍的卡車押陣，我只能說，真的……再酷也沒有了！我感覺自己是來拍二次世界大戰電影的。

但是，對於一個目的不單純，還想要在旅遊中獲取一些驚嘆號或轉折點的旅行者，如我，當時想要不擇手段逃亡的地方，其實都充滿意義。（事實上算起來到目前我最常去的地方是日本，也在那裡開設公司，但它實在是安全，精緻完美但尋常到我並不曾在其中提煉出過多的意義。）

我記得那一週就是在後腦勺頂著機關槍的狀況下度過。沙漠裡很熱，除了沙就是石頭，沒有植物，連想要找地方上廁所都沒有障蔽物，在沙漠中一邊擔心著遊擊隊出現（聽說上個月有幾個日本人被遊擊隊搶了，人還被抓了，生死未卜），一邊尋找著三千年前希巴女王的太陽神殿……。

四個小時，又飢又渴又憋得難受，那一位曾是葉門足球國腳的導遊說：「看，太陽神殿！」

昏頭昏腦的我順著他帶著崇拜的眼神往外看，八……根……柱……子！八根高大的平凡石柱，遠遠的用柵欄圍了起來……就算它是三千年前的神柱，也很難讓人覺得千里迢迢、冒著生命危險來看它到底有什麼價值。

我想我的臉色很難看，而這位國腳應該也很習慣看到一臉慘綠悶悶不樂的遊客。他在那個重要關鍵講了一句我很難忘的話：「我們聊過的，你不是作家嗎，你覺得作家最需要什麼？」

他竟然這樣問我。

「Imagination！」我回答的時候，自己笑了。

是的，**想像力會讓你停止抱怨，展望前路，充滿可能。**人生一路走來，能走到這個地方，不就因為我從來沒有放棄過想像力。

**凡事未必符合想像，但是那一枝永遠可以改變世界的筆，叫做想像力。**

所有的臆想，正面的，叫想像力；負面的，叫擔憂與恐懼。

有時他們在我腦海中拔河，還好前者都能夠勝出。

想像三千年前，我眼前的荒漠石柱，曾撐起天方夜譚的阿拉伯世界的豪華宮殿，某個山洞裡藏著阿里巴巴和四十大盜的故事，還有《聖經列王紀》裡希巴女王所統治的富強古國，宮女們穿著飄飄的燈籠袖，拿著擦得亮亮的阿拉伯神燈走在太陽神殿與月亮神殿裡……。

想像力，是芝麻開門的咒語。

芝麻開門！永遠不要抱怨眼前的乾枯，芝麻開門！

我真的發自內心的笑了。

沙漠中的風吹乾了眼睛，他要我馬上上車，「這次只要一個半小時，妳就會看到希巴女王的月亮神殿！」他說。

那一個半小時，我的內心很平和，因為我大概明白自己會看到什麼了。

果然，五根柱子……而且這五根，是三年前新蓋的，他們在「疑似月亮宮殿遺址」打算重塑月亮神殿，但因為內戰紛擾，財務困難，只能蓋成一個廢墟！

想像力。謝謝有人在那個點上提醒我，使我後來變成一個遇到任何和我想像中相差再多的事情，都會安然接受，並且相信其中似有神諭的人；也使我明白**那些艱難的追尋可能最終一無所獲，然而卻絕對不是毫無意義。那些過程在不知不覺間可能把你打造成另外一個人。**

**你要用想像力來看待眼前所見，要用包容心來品味所有的過程。**

我去過的危險行程不少。包括在斯里蘭卡遇到滅頂的水災，包括在秘魯遇到搶匪和騙子……平安離開之後，我總會認為，那是我人生中註定的旅程，雖然絕對不會再去一次，但是那是一個命定的約會。

別急，凡發生的都有意義。

## 6 一個人旅行，怎麼會孤單呢？剛好可以自我對話

可能是因為少小離家的關係，我是個很能跟自己混的人。就算跟著朋友去出差旅行，我也總是自己住一間房間。曾經遇過有人問我：「我也很想自己去旅行，但是我不敢一個人睡怎麼辦？」

「那麼，你就很不適合自己去旅行呀！」這是我的回答。

我不知道如何解決別人想像中的困難。想像中的困難，很像唐吉訶德在對付風車，如果你會把風車想像成魔鬼，那麼你當然不可能單槍匹馬打敗他。

如果你怕，就不要自己旅行。

我相信這世界上有人就是像蜜蜂，一定要在群體中才能愉快生存；有些人

註定會變成荒野一匹狼。沒有優劣問題，只有個性問題。

不是江湖兄弟，也不用硬上梁山泊。

話說，我有個非常優秀的朋友，在殯葬業是首屈一指的超級總監，在這一行已經十多年，年收入數千萬元，她每年要參加或主辦無數葬禮，但是她告訴我，她最怕死人。她選擇這一行，真是奇葩。

「為什麼？」

「我怕鬼。」她說。

每次要看到棺材，她都要深呼吸，念祈禱文，才能夠保持神色自若。有一次拜訪喪家，沒有預期會在走進房間時看到棺木，她在客戶家尖叫出聲，並且狂奔到街上。客戶被她嚇壞了，她花了好多力氣才把自己的奇妙表現圓回來。

一直害怕，還一直留在同一個地方，一定有原因，想必是利之所在實在難以拒絕。

不過，保持恐懼這件事並不真的讓人愉快。

如果你害怕一件事，又得從事它。那應該就是一種難以解脫的因緣與此生必經的考驗，那麼對我而言，最佳策略是：我會讓自己喜歡它。

不然，就要想辦法徹底的離開它。

**不要停留在「忍受」或「妥協」的狀態中。那種感覺太像凌遲——有人每天拿著刀子刮你一塊肉，卻又不痛快的捅一刀。而那個「有人」指的就是自己。這不是自找的殘忍嗎？**

想做，就去做，預想許多困難，先招來許多恐懼，一點益處也沒有。我看到許多活到半百，甚至年近古稀的人，他們的人生在很早很早時，就住進了自己造設的鳥籠裡，自以為固化而安全，但鳥籠裡住的其實還是一個用極端惶恐的眼睛看著生命和未知的孩子。他們軀體老化，心也硬了，但未曾長大。

ξ ξ ξ

我自己一個人旅行時總是心情愉悅，因為，只需要搞定自己一個人的困難。遇到一些意外事件，只要不太要命的話，很容易找到解決的方法。因為，並不需要跟任何人開會，可以一人獨裁，所以練就了水來土掩，兵來將擋的生活態度。

**旅行琢磨人生。**

在活得悶的時候，我也嘗試著旅行。

我也曾在非常沮喪和絕望的時候企圖用一個人旅行來調整生活，當然，那種走到哪裡都像「世界末日與冷酷異境」的感覺並不怎麼舒服。憂傷的眼睛看什麼都悲涼。然而，回到原來生活的軌道中時，我會發現那些不可承擔之重，總能減輕一些。

對我來說，旅行很少定義為玩。**我看世界，看別人的生活，也看自己。原來的自己，真實的自己，還有被放在不一樣的地方那個不同的自己。**

地球對於一般人來說是恰恰好的大小，你不會有時間在一輩子裡把每一個角落都走完，也不會讓你感到巨大荒涼到無邊無際的地步。

旅途中的我會換上另一種角度和自己對話。有時候一個人的時候，反而覺得心裡好。

英倫才子艾倫・狄波頓（Alain de Botton）是這麼說的：

運行中的飛機、船或火車，最容易引發我們心靈內在的對話。藉由景物的流動，內省和反思反而比較可能留駐，不會一下子就溜走了。

——《旅行的藝術》（*The Art of Travel*）

我完全同意。我享受著旅行的過程，並不只有目的地。好多電影，都是我在飛機中看的，而坐在平穩的火車裡看書，更是我覺得最美好的享受之一。無所事事時，心無旁騖的鑽進書堆裡，書中的字句更加甘甜可口。

**我們人生中有各式各樣的恐懼。只有冒險能夠化解恐懼。我一直相信，人生中的困難總不是停在原地七嘴八舌討論就可以就地解決，為了看清楚自己的膠著，我，必須時時遠離。**

ξ ξ ξ

孩子三歲以前，我的確出國的機會少了。當時幫忙照顧新生兒的是我的婆婆，我想到的方法，就是帶著她和孩子一起旅行。婆婆年紀大了，而且並不想走遠，當時只好在島內尋找「本身就很好玩的旅館」。

那時候我們家男主人在國外工作，我和婆婆、女兒住在一起。所以我們三個女人常常一起旅行。

有件有趣的事常發生，飯店的服務人員常常叫我婆婆：「吳媽媽！」婆婆是個見過世面的人，後來她也懶得更正，直接點頭稱是。

為什麼飯店人員會有這麼直覺的反應呢？婆婆聰明的發現了其中的道理，她說：「如果是祖孫三代旅行，老公沒跟的話，那麼，在台灣一定是女兒帶著媽旅行，絕對不會是媳婦帶著婆婆單獨旅行，呵呵，通常都是媳婦靠著旅行來暫時離開婆婆。」

婆婆一生勞碌，且愛操煩，她很傳統，從小沒有機會念書，但是她用一種看著可愛外星人的態度來看待我，對於我提供的旅行，也安之若素。如果告訴她要到豪華飯店，她就會打扮得像個貴婦，我覺得她跟我住的那幾年（她把公公放在老家，搬到我家來住），雖然很辛苦的幫我養孩子，但應該是她最開朗的一段時光。

其實從我開始領薪水之後，我就不間斷的「金援」並鼓勵父母旅行，雖然他們兩個人的樂趣不盡相同。我父親是英文教師退休，因為語言沒有障礙，八十歲前還偏愛一人獨行。他六十五歲左右，我曾經送給他一張法國機票，結果他在歐洲混了兩個月沒有回來，帶回來的照片竟然有冰島、格陵蘭和俄羅斯的風景照。我母親比較喜歡跟女性友人與一群親友參加旅行團，她覺得這樣更有安全感。

和父母的旅遊興趣實在不同，因而如果不是定點旅遊，我們不大會同行。不然，不管誰主導，一定有人會不高興。公說公有理，婆說婆有理，到了晚上，變成訴苦大會，就變成了我花錢找罪受了。

「道不同，不相為謀」在旅行中的確是真理。我一點也不是那種「只要是出國，一定要一家子一起行動」的擁護者。

**旅行的時光，非常珍貴，所以旅伴值得慎選。如果不是一個人出行，「去哪兒」與「和誰去」是一種智慧。**

以下的旅伴，通常不會讓旅行變成美好回憶：

一，呱噪。不講話很難受的人不是好旅伴，尤其是不管到哪裡講的都是原來住的地方的事情的人。

二，喜歡講別人的事的人絕非好旅伴。一路談論，回去必然有口舌是非。

三，不要和穿著邋遢者到歐洲。尤其到巴黎。

四，金錢觀迥然不同者勿出遊。說實在，我很怕跟動不動拿起手機要算匯率的人出遊，他們做任何事都以價錢為前提，會為了討價還價耽誤美好時光。

五，行事不獨立。動不動「就靠你了」的人，真的比較適合跟旅行團，別鼓勵他一起闖。因為我不是好導遊。

六，我很怕陪人逛街，更讓我頭痛的是，有人連買個小東西都要問旁人意見。人到中年若還不能決定自己要不要買某件衣服，那還有什麼事能做主？

七，非如此不可的完美主義者，一但行程「出錯」就跳腳的人。

八，控制狂。只要在他旁邊，連點什麼菜都需要經過他同意。

九，緊張大師。

十，徹底偏食者。堅持吃中餐，不吃的東西很多……絕對影響心情。

十一，集體主義者。什麼都要「團隊行動」。

……

好旅伴是懂得享受寧靜的人。

ξ　ξ　ξ

單身了很多年，獨自旅行了很多年，近年來的旅行，最大的轉變是，偶爾會有個小旅伴加入。

我喜歡帶孩子出遊，每半年，我們就進行一次「母女旅行」。大部分的選擇是飛機四個小時內可以飛到的地方。八歲暑假，我帶她到東歐。她喜歡人，所以我第一次跟著旅行團，幸好有她，跟全團人相處融洽。（呵呵，當然有些太太會說，怎麼這麼瘦？媽媽沒給她好東西吃嗎？裝沒聽見就沒事。強迫小孩絕非我的意願。還有，養小孩又不是在填鴨，胖有什麼好？胖基本上才需要擔心！其實，這種第一眼就在尋找孩子「缺點」的大人，在我看來是自己的人生其實出了很大的問題啊。）

如果她覺得太累，我們會選擇留在飯店，不跟大家一起活動，晚上，她陪我看世界杯足球賽，在房裡為進球歡呼。我們既融入團體，但又偶爾可以抽離，沒有妨害到眾人，就沒有什麼不可以。

在這世界上，我們得選擇用一種讓自己最舒服的方式旅行。

她選擇的九歲目的地是威尼斯。她讓我想起，我很久以前看過一部純情電影「情定日落橋」，女主角當時也只有九歲吧。

我不清楚她從哪裡知道威尼斯，她也只是聳聳肩，用愉悅的眼神期待著。不過，和我的小情人一起穿梭古老的水巷，看著波光閃爍的古城倒影，一定是一件浪漫的事。

因為必須長大，必須離開，所以也使得家有更值得珍惜的意義，希望她必能懂得。

并不愛尋找痛苦，
卻屢屢在痛苦中尋找到某一個自己，
或者自由。
總在行過險路之後，
嘆服那些風沙雨火，
原來都是善意，將我千錘百鍊，
彷若種子突破硬殼，
才能用根，將土地紮得更深。

卷二

# 身體與靈魂，總有一個在路上

# 7 當本我遇到超我

你心裡是否也有兩個偶爾會爭論不休的聲音？

在法國跑那個世界級難跑的波爾多全馬之路——根本就是石子路與田埂路時，在十公里後就有兩個人一直在我的耳邊對話：

本：「算了吧，這是什麼鬼路，我建議你跑完一半之後，放棄好了，坐在路邊樹下看藍天白雲……為什麼要虐待自己？」

超：「但是，你可能有機會跑完……。」

本：「你看路邊的人多麼會享受人生，可以坐在某個知名酒莊旁喝著免費的酒，吃點心……你這樣跑下去，不是會中暑就是會跌跤，在石子路上跌跤可不太好玩……。」

超：「可是你如果放棄，意味著你一輩子放棄跑完波爾多馬拉松的資格，你又不是小孩，可以等長大之後再來？你一年會比一年更老……。」

本：「你的足底筋膜炎再跑十公里可能會發作，感覺一下，它已經被路上的小石頭整得隱隱作痛！」

超：「可是我喜歡完成一件困難的事的感覺……你看，旁邊有人年紀比你大很多，體重負擔也比你重很多，他們還在努力跑著……。」

本：「你為什麼老是要自討苦吃！」

超：「因為那個苦裡頭有花再多錢也買不到的甜頭！」

本：「你想想你是不是瘋了？跑完除了一塊沒有價值的獎牌和一瓶很便宜的紅酒之外，你不會得到什麼！付出的代價比這個大得多！」

超：「你不要再吵了行嗎？我只要想到看到終點線時的那種興奮，我就開始感動了！」

本：「我也不想說了，你是神經病！」

超：「對，我是神經病，我只要想到我到了這個年紀，竟然可以完成在美麗酒鄉波爾多的全馬，我就算很累，也興奮的像聽到神蹟！」

本：「太誇張了！」

超：「少廢話了！」

「本」是我的本我，一個天生懶惰的我；「超」是我的意志力，它從我很小的時候，還是個鄉下小孩的時候開始，就用一種獨排眾議的方式來指揮我，甚至不惜睥睨一切，不怕所有阻難。它喜歡我完成一件感覺上的「不可能的任務」。

我並不常常聽到它的聲音。

但是，它常在我人生面臨困難選擇或挑戰，甚至絕望的時候跳出來。跑馬時，它常常出現，開起辯論會來。

這是一段我在跑馬拉松時的真實對話。

呆呆往前跑的我聽著他們一路喧嘩。

我喜歡看到「超我」像阿拉丁神燈被擦亮，燈神忽然驚人的出現，開始對我曉以大義，但是也從來沒有討厭「本我」這個懶洋洋只想過得舒服的東西。懶東西使我把日常生活過得不錯。這輩子所有的小確幸都要感謝他。

如果一直聽超我指揮，我可能很早就憔悴不堪，甚至過勞死了。

那兩個聲音，性格迥異，總有一方獲勝。小事時，本我比較常做主，超我不太會出現。

但在重大選擇時，本我會服從指揮，不太甘願卻甘心的把自己的主張收起來。

ξ ξ ξ

你要稱呼他們理性與感性也行，但不全然如此。超我未必全然理性，本我也不是全然感性。但那兩個聲音其實是缺少誰都不行。

本我使我能夠享受生活。如果經濟上過得去，它一向讓我過得很好，它從不吝嗇……。它會為我選最好的飯店，穿最喜歡的衣服，不管工作再怎麼忙碌，它總會幫我安排透氣的方法，比如喝一杯好咖啡，吃一頓路邊大排檔美食或米其林，就算是商務出差，它也會在耳邊告訴我：

「只有工作多沒意思，一定要玩到啊！」

「這個工作根本不是你喜歡的，別做了！」

有時會說：

「與其去那個無聊的應酬，不如在家裡安安靜靜的煮頓飯吃！」

「休息是為了走更長的路」這句老話也是它的至理名言。

它讓我過得舒服，只在拗不過超我時，才忽然轉變了好逸惡勞的態度，勉強讓超我重擬了人生決策，拐進一條令人驚訝的全新道路。

本我有多懶，我知道得很清楚，如果第二天沒事，不設鬧鐘，到現在我每天還可以睡足十一個小時呢。它當然也不認為我該去跑馬拉松或上健身房。

但是我也深深明白，**如果沒有超我的聲音，我不會在極小時就聽見遠方的呼喚，想要成為一個我成長環境中周遭沒有的那種人。直到現在，它還想繼續鼓勵我發現我自己還不知道的潛能，不希望我當一隻學不了新把戲的老狗。**

它讓我不管在多麼安逸的環境，也想要脫離舒適圈。它知道「本我」舒適久了也會抱怨無聊。

這個「超我」也使得我對於人生的規劃，有著和上一代或者是類似年紀的人們不一樣的看法。一般人在必須為生活而工作時，總會期待著所謂的「退休」生活：什麼都不用做，不會為五斗米折腰。他們以為退休是完全的自由。「退休」是個夢幻代名詞，使得有些人在很年輕的時候就為了「老年有保障」而選擇不是那麼讓人陶醉的工作。

「你為什麼不能夠超出自己對自己的想像呢？」「你為什麼要在意跟大家一樣？」這是「超我」的主要思考模式。

東方人從小的教育幾乎就是：不要和別人不一樣。
趕不上別人，不行！落後會被嘲笑。
鶴立雞群，也不行！突出會被排擠。
沒本領又不守秩序的是地痞流氓，有才能又過度堅持的會成為悲劇英雄。
如果你不從眾，少不了被口誅筆伐。

就算到了現代也沒什麼不一樣。

這些年我在日本成立公司，觀察到東方人不管如何都有同一現象。可能是我們的血管裡頭川流的都是「日出而作，日入而息」規律性的原始農耕民族基因。

只要有些不一樣，人們或許不敢表面說些什麼，但是背地裡的指責是少不了的。網路時代人人有發表能力，所以這些背地裡的指責都被看見了。有本領，有錢，不往反面偽裝一下，很容易就被一大群匿名者激烈批評。

開句玩笑話，只要是活的狗，從來不會沒有人踢。但當一隻沒人踢的死狗，人云亦云，我不認為會活得太有趣。

**在這個世界上，被批評是常理，如果你一直不被批評，那也表示，你沒有什麼值得被看見。批評一定不好受，但是明白了這道理就好。**

不想被批評，你可以什麼都不做，躲回家中棉被裡每天藏起來睡覺。不過，恐怕那時批評或唾棄你的，變成你最愛的家人。

# 8 從體育殘障生到馬拉松跑者

莫忘初衷？初衷的真的那麼有價值嗎？

有位前輩出了新書，送給我，上面提了四個字，莫忘初衷。

我沉思了半晌。

有些初衷，發自善良本心，能夠堅持比較好。

**但也不是最初的想法都值得堅持，成長和變化，甚或承認錯誤，也是美好人生必須具備的章節。人當然要有一些堅持，但守著某些初衷不變，其實也未必好。**

人生的變化很奇妙，未來真不是從前的自己想得到的。

ξ ξ ξ

少年時我最想不到的事情是，在中年之後，從四體不勤變成一個運動愛好者。可以跑完全馬，可以在戈壁中行走百公里，更開始鍛鍊肌力，把六塊肌和人魚線當成是自己的夢想，而且還在持續鍛鍊中……（因為不是真的很有天分，所以至今尚未成型。）

我對於運動這件事的初衷，其實是：書呆子沒什麼不好，體育殘障生也沒關係。

小時候我就不是個喜歡戶外運動的人。讀書的時候，對我來說最困難的事，絕對不是任何學科，而是體育，每一次讓我領不到獎學金的理由，就是體育始終拿不到及格成績。

我當時還覺得「五育並重」沒道理。而且把自己的肢體反應遲鈍怪到嬰兒期去：「一定是在嬰兒期爸媽沒有讓我爬個夠，所以造成我的感覺統合不協調。」

念台大的時候，有一個學期我的體育成績非常高。當時我的手因為過度且姿勢錯誤的練習書法，在關節上長了腫瘤，開了刀，所以我很高興的申請了體育障礙班，和手腳不方便的同學們一起打桌球，羽毛球。那一個學期我在障礙班如魚得水，並且申請到了諸多獎學金。

我還記得高中時我一百公尺要跑二十幾秒，跳高跳不過六十公分，跑四百公尺之後就昏倒了，讓同學送到保健室急救。

我並不引以為恥。年輕的時候，沒有想過人會退化：有一天，你不能跑，然後很快就會不能走；不能走，再不多久就不能坐；不能坐之後馬上就得躺，那意味著你的人生自由從此完蛋，臥病在床，哼哼哀哀直到終了。

所有沒有了人口紅利的成熟社會，都把老人長照當成是重要的發展議題。我們不假思索的認為，老人一定要好好的躺很久——其實，北歐國家的老人，在結束生命以前據說平均躺個一兩個月，而華人一躺平均是七八年……。

人到中年，就會發現旁邊有不少朋友，為了要照顧年邁父母，又請不起或請不到貼心照顧者，放棄了一切回家盡孝道；最淒涼的還有跟我年齡差不多的朋友，忽然中風，讓妻兒犧牲一切，為了照顧他，從此再也沒有自己。

我覺悟得太晚。雖然旁邊的警鐘一直在響，我始終沒有悟到，這些狀況也可能發生在我的人生中。

我的祖母在八十五歲前都是健康寶寶，未曾生過大病，八十五歲時某次騎著單車到公園跳「廣場舞」，暈倒在路上，被人送到醫院，從此漸漸行走不便，臥病在床。她在床上足足躺了十多年，一直到九十多歲，漸漸失去了行動能力、記憶力與語言能力……她的背越來越佝僂，到後來連躺都躺不直了，日日呻吟。醫院的健康檢查報告，卻一切正常。連血壓都如常。

不管子孫如何盡孝道，祖母的痛苦是我們沒有辦法代為承受的。雖然非常感激，愛我和我愛的祖母陪我這麼久，但是我十分明白，她的長壽，實在不是福分。

真正的長壽福分，應該像王永慶先生或者畫家劉奇偉先生吧。九十多歲，他們還在打算明天要做些什麼呢，在睡夢中或倏忽間，無疾而終，並無病痛。

人的臟器都有使用年限，醫學再厲害也無法阻擋它的耗盡。現代人的問題老早不在於是否活得久，而在於活得好不好？年老不可怕，死亡也不可怕，因為不管富貴貧賤，不管人生是否活得精彩或無聊，自古誰能免？最可怕的是，如果你還有很多夢想，或你還有幼子老母要養，責任未了，而你的身體卻早早宣告不行。

明白歸明白，知易行難，養成習慣需要的是時間和行動力。這個並不來自於頓悟，來自於慢慢領悟。

身為高齡產婦，我因為各種併發症在醫院躺了一個月，從敗血症中撿回了一條命，最震撼我的事情，不是幾度手術的肌膚之痛，不是身上佈滿針孔，而是躺在病床上的無聊。虛弱躺在床上，無所事事，連書也看不下去；出院後，肌肉無力，經過復健才能像以前一樣的行走。

出院回到家，當時孩子還在加護病房生死未卜……她足足在加護病房住了兩個多月。我先回到家，一回家就抱著家裡的貓痛哭，哭的是還可以活著看見牠們，自責的是如果我能把身體弄得健康一點，就算我是高齡產婦，也未必會讓孩子受這樣的苦。

**健康是要等失去才珍惜，真理存在老生常談裡，但要親自體會才能徹底明白它的涵義，而真正開始身體力行，恐怕還需要好多聲警鐘的迫切提醒。**

我真正開始「積極但不太認真」的練跑，都是快五十歲的事了。所幸我的體重在輕重之間差異一直不大，我的膝蓋基本上沒有被中年人過重的體重壓垮。

這的確是中年人可否練跑的重要關鍵。我有位同學在大學一畢業後，從六十公斤胖到百餘公斤，在三十歲那年就換了人工關節，在這種零件已經敗壞的狀況下想要從事讓自己煥然一新的運動，的確有困難。

那些在我耳邊嗡嗡嗡勸說「跑步不是好運動，會傷膝蓋」的話，我完全沒有聽進去。因為中年人的問題就在於「自己不想，所以勸告別人」，而且不假思索的想要用沒有科學驗證的經驗法則來把大家都放在同一個籃子裡。我在練跑時的願望，其實很卑微，只是想跑一圈我母校的操場不氣喘噓噓的停下來而已，就是四百公尺而已。

我的初衷只是「四百公尺」，這個卑微的願望竟然是我二十歲時的未竟之志。

跑了幾年，我大概聽過一百個同齡朋友「跑步不是好運動，會傷膝蓋」的勸說，有的非常認真勸我中年人學一學太極拳就好。很幸運的，我的膝蓋看樣子比練跑之前好得多。

我想，並不是因為我天賦異稟。

是因為我在「並不太勉強自己的狀況下」持續進步、慢慢進步。

每次跑步的時候，我都聽見「本我」和「超我」對話的聲音。

「好累！我想回家！」本我說。

「沒問題，你只要跑完規定的五公里就可以回家！」超我說：「而且你跑完之後，不但會很有成就感，而且運動後產生的腦內啡會讓你今晚睡得非常舒服！」

「跑操場真的很無聊！」本我說。

「喔，那你可以聽音樂，不知不覺就可以跑完了！」超我是個很好的運動顧問。

說也好笑，我是從跑一百公尺，走一百公尺開始訓練自己的。

剛開始我在台大操場瞎跑，一邊羨慕著在操場上練習的台大田徑隊可以跑得那麼快，當他們像風一樣呼嘯而過時，我還常被嚇了一跳。

當時的「超我」也明白我的體力的確是先天後天都失調，沒有做太嚴格的要求，只是希望我「每週跑兩次，每次跑五公里，不管用走的或用爬的，請你完成這個目標」罷了。

那時我是和台大EMBA的學長們一起練跑的。他們年紀和我差不多，但是多數人老早就跑完過全馬。而且成績多半在四個半小時以內。

我的成績跟人家比當然很自卑。但是人遮掩自己的「不行」絕對不會進步，可喜可賀的是我面對自己的「不行」時，臉皮算厚。

進步的確不會像武俠小說一樣，一個人被某個武林前輩看上，說你天生是練武的奇才，忽然坐在你背後把真氣都灌給你，然後你就變成了一個一身真氣的武學怪傑。

跑一百走一百，跑兩百走一百，跑四百走一百……在蝸牛般的進步中我看到了未來的希望還是存在。我的孩子還很小，我一點也不希望，她在正要奮鬥的年紀，每天要忙著到醫院看護插管癱瘓的媽。

這不是悲觀想像，而是我在得過俗稱妊娠毒血症的產婦高血壓後，高血壓這個家族疾病就開始如影隨形的跟著我。翻開我的父系家族史，中風絕對是讓我們到「蘇州賣鴨蛋」的理由。（蘇州賣鴨蛋是我祖母對我解釋為什麼我從來沒有看過曾祖父和叔公們的理由，我小時候真以為他們是賣鴨蛋為業的！後來GOOGLE過這句話，合理說法是：它是從台語的口誤所產生的，台灣人掃墓後會把一些冥紙用石塊壓在墓碑上，再另外把鴨蛋殼撒在墳墓隆起的土丘上，「土丘」的台語念起有點像台語的「蘇州」，於是變成了「蘇州賣鴨蛋」。）

我當時真的只想要跑完四百公尺！

跑了一年，我決定參加一次當時覺得「好遠好遠」的十公里跑步。兼具旅遊目的，我比較容易說服自己去跑十公里，於是報名了日本的「神戶馬拉松」，賽前為了擔心自己能否在一小時二十分鐘內跑完，我還緊張得睡不著。

不過是兩年多前，十公里對我還是個壯舉呢。

要進行一件破天荒的事，「本我」是很會給賞的，我告訴自己，如果可以在時間內跑完，就去吃一頓超貴之神戶牛排。

牛排吃了，但跑完那幾天，腿酸到不良於行的地步，回到東京，只要過馬路時綠燈時間剩下不到二十秒，我都乖乖站著等下一次。

現在想想，當時真的「不行」得好笑。

賈永婕當時已經是三鐵達人以及超級鐵人賽（二二六公里）的參賽者了，當時她來上我的節目，我笑她沒日沒夜近乎自虐的跑，腦子有問題，跟她開玩笑說：「妳老公一定幫妳保了很多險，才會一直鼓勵妳參加各種艱難的比賽。」而且斬釘截鐵跟她說：「我保證我最多只想跑十公里，不用勉勵我！我才不是神經病！」

她後來總沒忘記三不五時來取笑我一下。

一個人的初衷，呵呵，如果不曾改變，其實……可能讓一個人很沒出息的過下去。

**到了中年我才領悟到，不管是在運動，或者是在學習，還是理財或開創事**

業上，只要去掉一個東西，堅持一樣東西，那麼你的人生通常糟不到哪裡去。而且，必然會進步到比你想像中更好。未必能夠出類拔萃，但一定可以超越自己。不管在什麼年齡。

去掉的那個東西，叫「藉口」。

堅持的那一樣東西，叫「紀律」。

# 9 四％的劣等生終於跑完全馬！

身為一個個性本來應該浪漫無邊的寫作者，養成紀律這件事對我並不容易。我從來沒有太喜歡過別人制定的既成規則，唯一能夠讓我服膺的規則，都得經過我自己點頭。

跑步就是紀律執行的結果。不管用什麼方法，我堅持著我的五公里目標，還有每一週固定的練習，雖然未必都能練習兩次，但一次總擠得出時間來吧！**只要不要荒廢太久，那麼，就容易變成一種節奏，節奏會產生習慣，和愛好。**

我習慣在戶外跑步。戶外跑步空氣新鮮，而且不那麼無聊。有時我非常希望到了練習日，天空下一陣雨，那麼我就不用去操勞自己。但萬一雨下得太頻繁了，我還會抱怨下雨阻擋了我的練習。

跑完十公里後，我不知道哪來的勇氣，竟然報名了全馬。

事實上，那是抱著碰碰運氣去抽很熱門的「京都馬拉松」的結果。

在這兒我必須花點時間來形容日本大部分的馬拉松賽。他們的確是能夠把細節執行得最完美的民族。從領號碼牌，開跑，義工，廁所，補給站，道路維護，加油者，無一不專業，徹底的賓至如歸。這個民族雖然早在西元兩千年就面臨了人口紅利的死亡交叉點，飽受經濟蕭條的折騰，我還是對它有相當信心（這一點，在投資的章節再提及。事實上，我的跑步與我的投資決策有相當大的相輔相成作用。我會順便觀察一下該國的國計民生指標以及商業活動狀況。）

大和民族是個做服務業很道地的民族。

ξ　ξ　ξ

京都馬拉松只有全馬，沒有其他選項。抽上了，我只好跑全馬。

我在京都的住家位於銀閣寺旁，大概就在京都馬拉松四十公里的地方。那一次我還帶了孩子到日本，跟她約好，如果我跑到了家門口，她要為我加油。

那天下著濛濛細雨，淋溼的感覺是透心之涼。

京都的路高高低低，馬拉松路徑繞來繞去，至少上了兩次嵐山。全馬的確超出我當時的能力範圍，雖然我當時真心想要跑完它，也告訴自己，說不定，咬著牙我還是可以完成。

在京都，我第一次跑完半馬的距離。但是在二十六公里那個關卡，我的腳已經一跛一跛了，當我聽到旁邊的義工用日文交談：「這是最後一個（跑者）通過，我們可以回去了。」的時候，我的信心全部崩潰了。

我已經跑得又溼又冷，精疲力盡。路中雖然有補給，但是跑得慢的人為了趕路哪裡有空吃？

那一刻，「本我」說：「嘿嘿，你終於明白什麼叫做劣等生的心情了吧？看到別人那麼輕易就可以跑到你前面，你再奮鬥也比不上，因為實力不夠，放棄吧！」

於是我不爭氣的往後轉，回收車不久就把我接走了。

我像個難民，狼吞虎嚥的在路邊吃完一客咖哩飯，穿著一身溼漉漉的運動服回家。由於城市的馬拉松賽基本上在完賽前實施局部交通管制，所以路上一台計程車也叫不到，要回住處還得迂迴曲折的走一段長路。這在商業策略學上叫做退出成本。退出，不是沒有成本的。

由於第一次跑那麼遠，一坐下就不能動彈。那天黃昏，我看著地方電視台裡關於京都馬拉松的轉播，聽到了一段天打雷劈的話：有百分之九十六的參賽者在六個小時內完成了京都馬拉松全馬，其中年紀最大的是九十歲，他的成績是五個小時四十六分鐘⋯⋯。

你知道，如果你是劣等生，你考不及格，一定希望班上不及格的人越多越好。第一個跑不完的馬拉松，讓我明白我同樣具有某種「愛比較」的劣根性。如果應該要比你差很多的人都考得比你好，那你心裡會沒事才怪。

原來我是那百分之四的劣等生！我真的這麼差嗎？人家人瑞都跑完全馬了，為什麼我跑到二十六公里後就有很想死的感覺？而且，那種感覺是再強的意志力也補不了的，我怎麼這麼不行啊⋯⋯。

項羽到了垓下，應該就是這種身心俱疲的感覺吧：我怎麼會輸給劉邦那種人呢，我明明比他優秀，真是的，還搞得自己這麼狼狽……。

ξ ξ ξ

**如果身體已經超出負荷了，心理的力量再強大也沒有辦法。但是心理如果超出負荷，去鍛鍊一下體力，常常會發現新天地，這是我在中年後努力鍛鍊才明白的道理。**

關於青春，我最後悔的事之一，就是沒有及早開始鍛鍊，當手無縛雞之力的女文青當了太久，不然，如果能夠在青春時擁有傲人曲線那該有多好！呵呵！

我的痛苦在不知不覺間變成了獎品！一年多後，我終於能跑全馬了。

我真正完成全馬，是在京都馬拉松失敗的半年後，我報名了只有女生能跑的「名古屋馬拉松」，時間限制是七個鐘頭，比京都多一個小時，顯然心理壓力小了很多。

這個馬拉松的最後，會有一群甄選來的日本帥哥幫完賽者戴上大會贈送的蒂芬尼（Tiffany）項鍊。那個蒂芬妮項鍊和帥哥對我沒有那麼大的吸引力，我還很沒出息的告訴自己，如果盡了全力還是跑不完，那麼我自己會去蒂芬妮專賣店買個更好的。

對我最具吸引力的是：我這輩子有可能完成一次全馬這件事。這對於體育障礙生是個天方夜譚的夢想啊。

結果是我竟然在五小時四十分左右就完賽了！

商學院的策略學其實提供了我一個最簡單的「克服萬難」處理模型，那就是：

一，把目標變得沒那麼遙不可及。我擬定了一個策略，就是前半馬儘可能的跑，後面拼了命用走的也要把它走完！也許在七小時內可以很幸運的走完。的確，這一次到了三十五公里之後，我的撞牆感一直沒有消失，我只能要求自己跑一百公尺，快走一百公尺，這樣勉為其難的，間歇性的朝目標前進。

二，增強或改善某個環節：跑步一年多，我的全身肌力只有雙腳是合格的，其他全部都很弱，這一次跑全馬之前，我到專業健身房做了六次訓練，加強核心。雖然只有六次，但是居功厥偉，讓我身體其他部分的肌肉可以支持到全馬完成！

「幫你戴上項鍊的那個男生帥不帥？」當同去的跑友們嘰嘰喳喳討論時，我一頭霧水，因為跑到後來我已幾近失憶，全身只剩下腰酸背痛的感覺。我不記得有帥哥幫我戴過項鍊，只想躺到草地上閉著眼睛休息！「色」對一個體力用盡的人怎麼可能有號召力？

但心情上卻是開心到想要昭告天下。興奮度幾乎等同「范進中舉」！

這也使我相信運動管理學教的都不是假的。全身肌肉不能廢此偏彼，一個健全的身體得力於全身肌肉的協調。

ξ　ξ　ξ

我開始「不是很努力但也沒有放棄」的上健身房。剛開始實在勉強自己，老是想找個沒出息的理由不要去見教練，因為咬牙苦練剛開始實在艱難，還好我的「超我」會跟「本我」進行各式各樣的哄騙和協調。比如「其實，一個小時很快就過去了，練完之後你的精神反而會更好，而且減掉肥肉會讓你擠得進那些已經穿不下的衣服，多麼有成就感啊！」

「練完，我們可以吃一頓牛排喔！」（這句話不要給教練聽到，她覺得我太不忌口了，但又要練肌肉又要餓肚子的事，我真的沒有動力做。所以對我來說，練肌力一點也沒有減肥效果。）

名古屋全馬跑完，我的恢復度比當時只跑十公里更好，第二天，就在東京街上開心逛街。

馬拉松是會上癮的。我本來以為自己的願望只是一輩子跑一個全馬就好，後來當跑友們來邀約，我還是會情不自禁答應一起報名。

它後來慢慢從「目標」退居成某種娛樂的地位。

「如果你能夠在這個月底把稿子寫完，那我們就來報名一個馬拉松吧？」感覺很歡樂的波爾多馬拉松還有很可愛的和歌山馬拉松，就是用獎品的姿態出現的。

猛然一回頭，我已經不是那個東亞病夫的文青了，也從來不再因為在機場拉抬過重行李而扭傷手臂，甚至很久以前伏案寫作造成的五十肩也好了。

跑波爾多馬拉松時，更明顯的是，雖然太陽照得我頭昏，而腳下的石子和軟泥路對腳掌也是絕佳虐待，但跑到終點時腰酸背痛的感覺幾乎沒有出現。

**這一切當然不是偶爾的。對我來說，這世上從來沒有天上掉下來的幸運。我只能盡力讓自己「辛苦得很快樂」而已。**

# 10 我是必須勇敢的假英雄，完成戈壁一百公里！

念台大EMBA時，同學遊說我參加戈壁挑戰賽。其中C隊很輕鬆，只需要走一天，我回絕了。我的某位學長，一家上市公司董事長，竟然還在同學們向他募款時，開出一個整我的條件，就是：如果吳淡如願意參加三天全程走完的B隊（就是要走完一百公里，還要幫A隊搭帳棚），他就樂捐三十萬元！

雖然好多人來遊說，但我當時死也不肯。

我膠著的點還滿奇妙的，但都不是重要的考量點：已經是「資本主義毒物」的我，真的不知道躺在沙漠的帳蓬裡如何能入睡。

**人在充滿著勇氣與動力想要改變人生的時候，如果不馬上做點起步動作，往往會被一些不是重點的藉口又拉回原來的軟沙發。**我當然也是天生如此，必須：一咬牙不假思索的站起來，不聽耳邊的風聲，把自己逼向那條想走的路上。

跑過了全馬之後，我擔心的並不是體能，不想離開的是生活中的舒適沙發區。但是，偏偏在這一年，我在上海中歐學院選了行動領導力課程，修鍊區就在戈壁。

這是一個去過的人都推薦，要用「搶」的才能去的課程。

我曾經問過中歐一位十分有誠信度的已畢業學長：「什麼選修課程是你最推薦的？」

「行動領導力啊。」

「那有什麼是不上會後悔的？」

「行動領導力啊。」

於是我……。

我是有備而來的，只是沒有想到，路程比我想像中艱辛。在戈壁中逆風前行，走這一段所謂的玄奘之路時，不禁想起曾經走上這條路的先烈先賢，心裡到底有何種獨白？千里黃沙，單調景致，不是太冷，就是太熱，沙漠風如刀，不斷淩虐，難道他們的心中沒有一萬個後悔嗎？

三天，八十八公里（實際上大概是一百公里），中間還有一些障礙賽的設置。比如說，第一天，要求已經逐漸團結凝聚的團隊，狠心去掉其中一個人；第二天，在走過近四十公里路疲倦的抵達終點時，還要我們回頭數里路……滿是砂礫之路，走得我連腳指甲都掉了，水泡當然是附贈品；第三天，傷兵累累，還要我們抬人前進近一公里，並且不能夠選擇抬女生……連女生都得當挑夫……接著就是二十多公里從不間斷的冰冷逆風！多少次咬牙切齒，多少無聲的詛天咒地，我告訴自己，要走完，回到美妙的現實世界去。

加上迷路與繞遠路，全程超過一百公里。最後一百多個同學，我算是「毫髮無損」的走完全程，還可以在慶功晚宴上故作優雅的穿上高跟鞋參加晚宴……小我二十歲的同學們有很多是坐著輪椅進場的。

## 在什麼時候就要有什麼樣子

假英雄真勇敢。在什麼時候就要有什麼樣子，是我的習慣。

換句簡單的話說，就是當你登山時，你一定要有登山裝備；當你走星光大道時，一定要穿禮服，不能搞得自己像打掃工友或歷劫歸來。這不只是面子問題，還是禮貌問題，也是一個人是不是能夠適應環境的問題。（從這一點，呵呵，就知道我也非常反對一個女人自認為已經嫁出去了，或人到了中年，就放棄了體重和外型，不修邊幅的活著。）

如果妳發現朋友們只想邀妳逛夜市，而偶爾品嘗豪華餐時都不邀請妳，那妳應該就有了以上問題。

男人也一樣。

我有許多朋友，有些宴會也可以免費邀朋友參加，如果可以邀伴，我一定會邀請「適合」這場合的伴同往。你不能邀請只穿高跟鞋的去登山，也最好不要邀請只穿涼鞋的去米其林。

戰場上要穿盔甲，不然敵人都看不起你。

話說戈壁這一新戰場，夠嗆！走不到幾公里，我就非常後悔，然而箭在弦上，不得不發，我是必須勇敢的假英雄。不過，我想歷史上走上這條路的，應該都是這個心情。西出陽關無故人，還不知道能不能返程，一個非常適合寫《西遊記》的荒涼之路，因為荒涼，各種妖魔鬼怪不斷浮上，處處心魔孳生，都要來咬你一塊肉！

但是，在這種煎熬中，我忽而有些明白，為何世上各大宗教，都起於沙漠……因為唯有一無所有，才會真實面對內心；沙漠也讓我看到，現實世界中的自己。枯寂沙漠中，與天地對話，和自己交談。

同齡朋友都覺得我自討苦吃。中年之後，我自討苦吃的行為挺多，就是不能接受那種「錢都夠了，為什麼不退休？好好養生？」的說法，我的確屬於「不冒險就體會不到人生」的找死性格，挑戰一些有難度的事情，證明自己還能有新把戲，反讓我覺得活得安心。

**只要在路上，我很少回頭，很不想後悔，我相信自己的意志力在生命的各**

**種困境中足以匍匐前進，我也知道每一個傷痕都是靈魂的動章。**

但是第一天的第一個小時，我走在戈壁沙漠中，後悔就開始偷襲我的決心。除了烈日，風沙，枯草，礫石，什麼也沒有！連枯藤老樹昏鴉也沒有……。我忍不住自問：這是玄奘不惜一切也要來回走過的路嗎？這是張騫和蘇武和李陵和……對君王死了心的王昭君走過的沙漠嗎？

他們是我所尊敬的勇者。但他們站在這一片什麼也沒有的沙漠中，到底在想什麼呢？他們應該在想：「那個該死的漢X帝，根本是存心讓我來送死的！」

有備而來，但人生總是由一大堆意外組成。

## 秒殺課程，我有備而來

我並不是在集體主義中長大的，老早不信奉吃苦等於吃補。多年來我一直盡力把自己供養得舒服，那一刻我很後悔，為什麼我沒有選什麼歐洲課程（中歐學院有瑞士分校），去買買瑞士名錶和愛瑪士算了。

所幸我們是最後一隊出發，後頭已經沒有人了。非得往前看不可。說實在，我是有備而來的。這個課程是搶來的「秒殺課程」，我已經練習了很久。在此前我已完成了全馬四十二公里的路程，一年來我每週上健身房鍛鍊核心肌群，我絲毫不強壯，但是我應該不會變成別人負擔……我本來就不是來旅遊的！

我們十人一隊，走到終點，一個也不能少，才算及格。

第一個小時，已經有隊友「不行」了。

我們學校把這趟旅程包裝成一個比賽，考驗我們在逆境中有沒有領導力和團結力。但是第一個小時我們隊裡就有傷兵，我就知道我們這一隊不會贏，能走完是萬幸。

隊長是個看起來剛毅的運動健將，也是個溫柔的人，他下令以全隊最落後者為隊伍行進的速度準則與指標，只要我稍微走快點，就要我們回頭等人。他以為休息可以養護，頻頻叫大家休息，殊不知馬拉松跑者休息過久反而筋骨容易受傷。

首日烈日當空，我們已經遠遠落後，比其他隊伍多走了一個小時，決策總是討論了很久，連個答案也沒有，遊戲也玩得零零落落，我曬得好累……志氣低迷……有人索性玩起自拍或在沙漠中拿手機聊來聊去。

果然第一天以最後一名完賽。比倒數第二名慢了一個小時。

我沒有一定要贏，但是我從不喜歡輸。此刻我已經接近信心崩盤。

最可恨的是依照「領導力」課程的殘酷設計，還要我們刪除一個已經建立感情的隊友。

如果能夠毛遂自薦，我會自我犧牲。

那個時候我有點憤怒。這的確違反為人原則：在「誰也無過」的狀況下，我向來未曾出賣任何友人！我打從心裡不喜歡這個規定！

已經很累，開會還開到半夜……而且還是沒有結論。

其實可以有結論的，只是誰也不想出來扛責任。

看到那個根本只是幾塊塑膠布的帳篷以及營地，我更是懊悔莫名。心想還好行前請醫師開了藥，一定要吃鎮定劑讓自己昏過去。不能洗澡讓我非常不舒服，克難廁所讓我非常頭痛，長夜漫漫多人與共使我非常焦慮……就算吃了鎮定劑，我竟然也沒有睡著。一入夢那背後的硬泥地就無情把我喚醒。

「我就是資本主義的毒物！就為了這三個學分，我真的要這麼犧牲？」我對自己說：「戈壁沙漠，見鬼了，百聞不如一見，見了不如不見！」

## 第一次嘗試要賴的滋味

第二天，天初亮，號角響起。

我再怎麼詛咒「漢武帝」也沒有用，因為我不想輸，就算贏不了，我也不想在戰敗前先投降！「寧可失敗，不能投降」是我倔強的求生法則。

我想趕快走完，我想要在走完後迅速脫離這個什麼也沒有的地方，回到我溫暖的小確幸生活，我……我為什麼好日子不過？

## 每一次成長背後都有咬緊牙根的靈魂。

第二天，我們的團隊的確想要雪恥。但不是所有臥薪嘗膽的人皆能復國。一個團隊，必然得有比決心更寶貴的東西，才能真正反敗為勝。而我們，思索來，的確沒有。（主持這趟旅程的教授說，信任有七個區，是的，我們一直停留在仁慈那一區……我們的能力被消耗，而正義被挑釁！）

我們各個都很有主張，雖然共同目的是把這條荒涼的路走完，但我們對於隊長的「目標」已經開始陽奉陰違。況且隊長的確身體夠好（他自己體能很好，好到第一天竟然還揹了個大哈密瓜走二十多公里路，哈密瓜是為了證明自己體力強人傻）。他真的不是個「用腦領導」的代表人物，比較適合去當慈善團體的志工！（其實走完艱難路後我記得的竟是他的好處……。）

況且經過第一天的漫長折騰，傷兵已經超過三分之一。

第二天，趕過了幾個隊伍，在休息站也儘量簡短休息立刻上路。身為女生，為了避免尷尬，我再怎麼渴都得控制飲水量，這也是我的內在焦慮……陽光漸漸轉強，不斷的上坡下坡，下坡上坡，讓我有疲於奔命之感。

上坡下坡與過獨木橋，都與我訓練自己的方式相差很遠。

現在要講到身為女性的優勢了：凡中國人還是有「優雅的大男人主義」，向來認為女人是弱者，是需要保護的，尤其是在中歐，他們極少將隊中走不動的女性剔除，都會盡力協助。

隊長完全沒有看見我「還行」，第二天派了隊中最強壯的男生張偉來「幫忙」我。隊長把女生都當弱者，他像一隻嗡嗡嗡的蜜蜂或是蒼蠅，大概每隔十分鐘就會好心「游」到我身邊，說：「張偉，你要照顧淡如呀……。」

我旁邊只剩張偉，是因為另外一位看來身材絕對是健身房裡日日鍛鍊的王健，第二天中午已經因為腳傷奄奄一息的走在隊伍最後面了。他自顧已不暇，在隊伍的最後方吃力的跟著，一直嚷著他不玩了。

「天哪，比我媽還煩！」我咕噥道。可是這個時候我轉念了。馬拉松跑者是最懂「保留實力」的，我要把體力留到最後一程。好吧好吧，那麼何樂而不為。

明明還行，卻要男人幫忙，對我的確是很新的嘗試。我外在不剛強，也極少發出脾氣，鬧情緒只會對自己……但身邊的人都知道我是怎麼樣的「風林火山」（借用日本戰國時期用來形容武田信玄的詞，但用來形容我自己意思不大相同，我是：決策疾如風，錯了就認；主意多如林，別人難以全懂；我令出如山，但通常是火山。）

沙漠太無聊，所以所以……我乾脆，耍賴。這是一個非常新鮮的嘗試。雖然沒有任何建設性意義，而且對於團隊的第三天還有破壞性的價值，但是對我個人意義重大。

只要上坡，我就仰賴張偉推我。過獨木橋（其實那個水根本淹不死，就算淹得死我泳技也行），張偉也很負責任的來牽我，我心想，嗯，這樣下去，我一定可以好好的保存實力到第三天。隊長反正這是你命令我這樣的嘛……反正張偉也是這批一百五十個同學中最年輕最帥的一個（寫到這兒，眉開眼笑。）

後來連逆風我都懶得太費力走……有人屏障真是舒服呀……。

## 自以為堅強的背後

第二天，包含繞路，我們至少走了近四十公里，但說實在的，我比第一天愉快好多。我內心的ＯＳ是：呵呵，有男人可以靠的感覺真的很好呀。奇怪我以前為什麼一直不懂得借力使力？這麼久的工作生涯中，我從來沒濫用過女性權利呀……從來就是咬牙不哭，閉嘴不叫，一馬當先的。我真的是靠腦力與苦力與男性夥伴都成肝膽兄弟。

創業時期，我把自己當男人用，偶爾也當畜牲用。我從小好強，就不知道撒嬌二字怎麼寫，而不管遭遇什麼難處，我一直是家族與公司裡唯一冷靜或冷酷拿定最後主意的人……。

在此之前，我並未讓自己仔細思考過：這樣的行為模式讓我還算滿意的人生到底出了什麼問題。

因為我害怕……。

也許只是害怕軟弱。

我的「烏龜殼」的確又硬又厚，自以為堅強。

這是有原因的。

我在沙漠中想起了很多事，因為景色無聊，內心忽然畫面紛陳。

塵封多年的過往已經不會再痛，也漸漸失去了色澤，但在沙漠中又像海市蜃樓一樣浮現在腦海。

我想起多年來我勇敢的「烏龜殼」是怎麼一層一層形成的。

多年以前，弟弟決心離世那一天，還很年輕的我就知道淚水已經用光，再度站起來的時候，就是一個沒有淚水的人。當了很多年作者，照理說感情應該很充沛，思想應該很風花雪月。然而我總在一陣輕微的擺盪之外，找到最好的武裝。堅強堅強更堅強！

其實，在到戈壁的前一天，我才剛剛辦完至親的葬禮！兩年來，三起葬禮。我都沒有哭。我強迫自己不能掉任何眼淚，因為我害怕，眼淚勾動太多情緒，我怕涓涓細流，引發洪水……。

長久以來我真覺得自己只剩下要命的堅強，這是面對所有困難的最適決策。

第二天，我們從最後一名變成了第三名。

走到最後，抽到的指令是退回三公里重走時，沒有人撐得下去，但皆毫無異議不想放棄加分機會，我想那是因為，我們都是創業者或公司主管，現實生活的英雄主義者，不願意當害群之馬。雖然內心中不斷詛咒，但仍繼續前行。

那一段路，沒有人相伴，實在走不下去。難怪有句名言說：「一個人走的快，一群人走的遠。」

「這樣吧，我們來談比肉體上的痛苦更大的痛苦吧？」

看有人撐不下去了，我走到他身邊發話，我那已經一跛一跛滿臉痛苦的隊友很訝異的看著我，然後聊起他的痛苦來。

## 溫暖又冷血，常是解決痛苦的最適態度

我聽著，「溫暖又冷血」的告訴他，其實你的問題還來得及，也並不嚴重，只要你往前伸出一隻手，就可以解決，不是嗎？（反正我不是心理治療師，不必只是提客觀建議）

他很倔強，如我昔時。

然後我們不知不覺的把路走完了。

**我們心中有許多「可是」，可是我們如果願意解決，願意付出一些關懷，也許事情不如表面想像那麼壞，尤其是家族與感情的問題。**

一個不合理的折返決定，有時也是上天關上門後開的另一扇窗。

第三天，他微笑告訴我，他打了電話展現和解誠意，至少已有契機。（後來，過了一年我看到他，他和妻子相處得非常融洽，融洽到我懷疑那是他的新太太。一個理工男如果願意丟下自己厚厚的烏龜殼，往往會發現自己以往所思所見，並非真象。）

他當晚採取了行動，道了歉，發現妻子也正等待著一個破冰的機會。她在家庭的處境需要他的支持，不然，實在也難為。

其實他的果決讓我暗暗覺得羞愧，我明白道理，但未必會伸出破冰之手。我自己的龜殼更僵硬。

呵呵，在看別人事件時我通常能一針見血，但看自己，未必。

「不見棺材不掉淚，不是你的特長嗎？」我又對自己說。「你憑什麼說別人，而自己並沒有反省？」

或許沙漠因為無聊，所以才逼人不得不誠實往內看。

**凡發生的事都有其意義，無論淚痕吻痕皆永新而長在。**

第二天晚上，辛苦回到了帳篷，我發現我把自己的台灣手機丟了。天哪，它曾是我最忠實的朋友。

還有腳趾甲搖搖欲掉，膝蓋跌傷。不過，還行……。

然而，我堅持麻煩一位工作人員開車帶我回頭去找，因為我們隊伍的合照竟然只存放在我手機中。

一位隊友新宇陪我回去找了一路，他的貼心讓我感動。我們同班，同一個論文組，老是分在同組，但個性是南極與北極。他做事思考非常周密，我常常嘲弄他是一隻煩惱很多的小貓頭鷹。他則一向認為我衝動用事，邏輯有問題。我有話直說，他通常不直說，但又看得出有話沒說……他能力極強，見義勇為，默默行善，智勇雙全……其實是領袖人物，他忍辱負重的擔任了斷後的唐山趙子龍角色。隊長像沒頭蒼蠅，只有新宇一路扶持著傷兵，鼓勵大家往前走。

沒找到。

第二晚，我最討厭的不仁不義遊戲又來了，又得淘汰一個好隊友：我們隊的智勇傷得也重，自願請纓離隊。那種感覺很像冒險隊裡頭糧食不足，傷兵們自請離隊，自我了斷一樣，痛苦都在倖存者心裡。他可以選擇不要走，如果我是他，我鐵定樂得不要走，但他被分到了傷兵隊，竟然還是跛著腳決定第三天要走完全程。

這晚，屋破又逢連夜雨，我把安眠藥發給同學後，我自己沒了。或許是上天旨意，我當然睡不著，睡不到兩小時……整個人就算面帶微笑也是一座火山。

最後一天，全隊能傷的都傷了。立力和貝西在第一天就傷得很重，一直走到此時，用的已經是意志力燃燒。

五點即出發，當結束了「噤聲不語期」，跨越黑暗，大放光明的那一刻，要我們選擇抬人，而且不能是女性時，我們面面相覷（其實全隊我最輕），我內心裡又開始咒罵「漢武帝」。

我也得加入挑夫行列。

回頭一望，跟著我們三天的助教乃峰鐵青著臉。他原是上一屆第一名的隊伍，來到這註定落後的團隊中，恨鐵不成鋼之情屢屢浮出臉上，此時他也走傷了腿，處在自我情緒糾結的狀態中。

他說他想要弄個杖子。

我其實是很開心的把杖子送他了。心想，其實你也沒有太強，哈哈……。

我是一個跑者，跑者沒杖子，幾十公里都還行。

其實此抬人之役損傷慘重。被抬的永盛凍壞了，一邊自己唱著輓歌；第二天幫我的張偉一大早腿就跛了，經此一用力傷勢更重，燕斌和王健都痛得咬牙，還是只能苦撐。這時候我才發現隊長不見了……。

「該死！需要你的體力時，你跑到哪裡去休息？」我默默的對空咆哮。

長路未盡，連新宇都已經一臉痛苦。

## 每個人都有自己的心魔

把人抬到預定目的地之後，我……真……的……生……氣……了！

眼看著一隊一隊趕超我們，我決定不管隊長說什麼，往前走就是。

「我們再也不能用最後一位隊員當成標竿了！」

「我要走完，最迅速的走完！我要結束這種煎熬！我再也不來了！再見！我再也不要看見沙！」

我們幾個人，都很有「默契」的在最後一天沒帶傳呼機。這樣不吵。反正裡頭都是別隊在吵。

因為隊伍拖太長，所以被扣分，我有錯。雖然新宇安慰我：「其實，妳以為我們沒有看到妳瘋狂的往前走嗎？我們也並沒有想要阻擋你⋯⋯。」

大家都累了。而且的確，最後一天，真的沒有誰聽誰的了⋯⋯我們是梁山泊一群好漢，卻不是白起手下的精兵。我的問題正是團隊的問題：不願意面對裂痕，野蠻生長，各自為政！

你奈我何？——成也蕭何，敗也蕭何。

不只我一個人在我行我素。

每個人都有自己的心魔。

我行我素，是心魔，如影隨形。白話點說，我的確是個該死的自由主義者與個人主義者！

的確，我是靠「我行我素」活著。二十出頭開始出書時，我寫小說，小說作者根本就是用腦創造小宇宙的上帝；然後我因緣際會當了電視主持人，不管團隊幾百人，當開麥拉一聲令下，天下之惡歸焉，榮譽也歸焉……成敗都在我身上。一切自主，沒有誰的命令必須聽。

這種性格在創業上的確帶來許多的溝通難題。

千萬人吾往矣對我不是難事。經過嘗試失敗後，在創業選擇上我寧可選擇「不做大，寧願獨資」，我到現在都不喜歡和合夥人和同事開會，因為我怕面對裂痕。

裂痕如果是事實，沒什麼好迴避的，而且有助益；但我常假堅強之名，逃它千萬遍。

我們這麼努力，還是最後一名！

成功者可以寫勵志文章，失敗者只能自我反省。

這個團隊裡的人，個個都是自己事業中的強者，組合在一起，卻成了成績最差的一隊……原因當然很多。名將雲集還是輸，反正歷史上也多得是。

誰喜歡輸？但我一點也不後悔。我們的人生拿過很多個第一名，不是嗎？一定要珍惜最後一名的啟示和意義。

最後大家都很宏觀的認為，沙漠之行充滿意義，而我們最終看見的是美好的一面。

我看見每個人個性中都有我萬萬比不上的優點：新宇中流砥柱偉人材質，育栢的樂觀平和，汝玉的睿智冷靜，乃峰的積極進取（當我們都放棄贏了，只有他還想要第一！），貝西的無論如何永不放棄，立力的自我驅動力，王健的活在當下，張偉的謙和助人，永盛還真是忍辱負重，智勇的奪勇犧牲，燕斌的堅忍不移，我還看見了對我很頭痛，我也對他很不服的隊長的最大優點：他好寬厚，好溫柔，總是為「弱者」著想。他雖然沒有魄力，但他真的好仁慈，是個值得信任的朋友！值得欽佩的人！

真得羞愧承認，大家的情商都比我高得多……。

## 有淚，是因為在乎

雖然在我最後一半路程領旗疾走時，隊長應該很後悔把女人當成弱者。到了終點。

我真的不自覺的有掉淚的衝動。那是我一直想要避免的感覺。我看看天，深呼吸，硬是把墨鏡背後的淚水拭開，其他的，收了回去。

對我而言，這已經不容易了。

有淚，是因為我在乎。

那呼嘯的風聲還在我心中吹，回家之後，我寫了一段文字：

並不愛尋找痛苦
卻屢屢在痛苦中尋找到某一個自己
或者自由
總在行過險路之後

嘆服那些風沙雨火
原來都是善意　將我千錘百鍊
彷若種子突破硬殼
才能用根　將土地紮得更深

我從來以為自己喜歡孤獨或習慣冷酷
與你攜手前進
悄然發現
我心中仍有不熄之火
在荒涼的漠地中依然　流動如詩

世界並不美妙
親愛的
但我們必須繼續前行

尋找可能的綠洲　管他是不是海市蜃樓
而所有的嘆息與執著
都將如細沙起落
在宇宙中從容逝去
但誰也不能否認　我們的會心微笑或是相視的淚眼
曾經　真實有過

## 運動不只是肢體，我的心也動了

我離開夥伴，回到台灣的前一天，在西安，我有氣無力，心情複雜，思索混亂。因為燃燒過，所以得處理灰燼的問題。

**我決定，道歉。我的過往人生需要好多道歉。**

**雖然我走過的路絕對不是水晶階梯，但今天我之所以還沒有活成一個自己**

**討厭的人，畢竟靠的都是朋友——特別是「落土為兄弟，何必骨肉親」的縱容與包容。**

雖然我老覺得網路上很多酸民，一不高興就關閉臉書，但我很慶幸這一則戈壁訊息，只發了二十分鐘，就蒐集了三千多的點讚，為我們團隊贏得了點讚獎（第三天已經超過三萬），是的，我要感謝台灣同胞，對我如此買單！

我想起我曾演過的舞台劇「欲望街車」的台詞：我們活著，都是因為仰賴了陌生人的仁慈……。

我先向隊長道歉。

然後，回公司，和團隊同事致歉。並且說明台灣手機遺失，看不到報表業績，也無法解決難題，得到兩個「正面」回應。

一，我們應該湊錢每三個月把妳送回戈壁去！

二，妳的手機丟了是天意，讓我們過了一週的好日子。感激！

我還得跟唯一合夥人道歉。他教過我許多創業的道理，我們的公司所產生的與地方勢力的糾紛曾幾度鬧上台灣熱門新聞，黑道白道都來，他總說：「不要怕，有我在！」一路相陪，我疏忽他的存在也已經有好幾年，沒有計較過我的獨斷獨行，可能是因為公司還在獲利狀況，也可能是他實力堅強就算我搞倒了也連累不了他……總之，我在表達意見時，可以不要那麼決絕，對不起！

我也跟老公道歉。仔細算來，竟然認識了二十五年。每年忘記任何紀念日的都是我（我才不玩一般女人在意的那玩兒，無聊！）每次同學們看到他，都故意排隊和他握手致敬說：「辛苦了！」他總是含笑不語。他平日在公司統御千軍萬馬，對我卻從來沒有意見和要求（我自我感覺太良好，總想哪有人像我這樣不嘮叨不吵鬧不管他不要他養說到做到，多優秀多乾脆呀……我連來念中歐都只是淡淡說我要去上海考試。）

我從不要求同意，只要求祝福。

回來後我說開場白：「我要跟你聊聊，我不能夠這樣過下去……」時，他臉色刷一下發白……。

要道歉的人很多。包括我的母親，一輩子我沒有服從過，可是，她已離世。

人生再走一遍，我應該還是一個不聽話的女兒，但是，我的態度真的可以好一些！

如果有一分鐘，讓我來得及稍微卸下我的殼，也好……。

或者，我應該要早一點走這個沙漠。

或許，我還會走一趟這個沙漠。

我已經應徵了大中華區戈壁ＥＭＢＡ大賽，這讓人咬牙切齒的戈壁，請再度歡迎我！

## 11 富士山，我終於來了；高山症，終於不是陰影！

跑完了和歌山馬拉松、蘇州馬拉松、波爾多全馬，我還完成了我多年來的願望，登上富士山。富士山有三千七百多公尺。雖然它比玉山低，但因為緯度的關係，它的山頂應該等於五千多公尺的亞熱帶高山。

我曾經在秘魯高原上得過高山症，所以一直用這個理由，阻止了我自己。

它原本是個火山，鈍圓錐體，不難爬，只需要一步一步往上走，並且確定自己一直在深呼吸，一般而言，只要體力和健康沒有太大問題，勉強自己一下，應該都爬得上去。

爬高山這件事很奇妙，和「成功」給我的感覺一樣：如果你是慢慢爬上去的，一步一調節，你到再高的地方都會適應，不會忽然頭昏腦脹，目眩神迷；

如果你是搭飛機一溜煙上去的，那麼不得高山症也難，因為你難以適應壓力的驟然改變。

換句話說，**一步一腳印的確有其必要。慢有慢的扎實。**

我是在富士山五合目，也就是二千公尺左右的登山口和我的登山老師集合的，在此之前，我根本沒有爬過山，連登山杖和帽子等裝備都是在登山口買的。傻膽的另一明證。

我只帶著我的傻膽，和稍加訓練過的體力。

看似輕率，不過當時我知道，想要取得一張富士山登山證明，只需要報名的勇氣和實際的征服罷了。

我了解自己的性格，只有跨出第一步，第二步……不要阻止自己，那麼，我就會到達終點。

不要去想那個難。

以統計比例來說，去爬的人百分之九十九都成功了，那麼我又有什麼理由不能登頂呢？

雖然，富士山仍然不是一座小山丘，上山時的確讓我感到呼吸困難，下山時一路踢著火山礫，又在在提醒我「人生下坡路不好走」……。

富士山上坡和下坡是不一樣的路。上坡的感覺像在爬花崗岩，下坡一路踢著滑不溜丟的火山石，下坡還比上坡容易打滑跌倒。而且，太陽很毒，毫無遮蔽，也無風景。感覺自己不是在奮鬥，而是在忍受。

富士山攻頂，我只花了二十四小時，整整一天，但那一天的感覺，彷彿人生走一遍。

下坡路，好像人生中年之後。

**年輕時像在走上坡路，舉步維艱，吃力翻山越嶺，一直以為「退休」後人生就是一片坦途，總想著下坡路是比較好的。事實上，下坡時由於體力耗盡，風景無聊，才發現其實上坡路的艱難中自有美妙之處。**

我不希望中年之後只能走下坡路。大家期待的那種含飴弄孫（我二十年內絕無資格，孩子還那麼小！）不用上班，每天不必有用，也沒有波折與驚喜的日子，對我來說實在沒有吸引力。

**運動之後我改變了對「自信」的看法，自信不能只是一種腦內風暴；不能沒有強壯的身體當基石。**

**對自己的身體有比較好的掌握度之後，人才會擁有真正的能力相信自己有力量做些什麼。**

我發現我喜歡跟有在做「心肺」運動的朋友來往。也許是因為這些人新陳代謝比較正常吧，他們比較少抱怨上一代，憂心下一代，不自找麻煩，比較樂觀，人生碰到問題比較不會自憐，也不會像迷宮老鼠一樣動不動又繞回原地，不會嘮叨瑣碎，並且對別人比較不會有疑心病，胡思亂想出好多敵人！

運動的人，通常都自我感覺良好，帶著正能量。

ξ ξ ξ

「為什麼你這麼熱衷運動？」

剛開始的念頭，是因為孩子太小，想想，她二十五時，我都快七十了，如果我不健康點，難道要一個正要展翅高飛的孩子，每天在擔憂生病年邁的母親嗎？當爸媽真正的愛是把自己身體練好！

光有念頭，加上持續，千里之行，真的是可以完成的！只要想到不好的身體，會讓你困在各種痛苦裡，運動的酸痛或傷害，只要不逞強，都會好，沒什麼了不起！

其實，只要你現在開始第一步，你想做的事沒有任何事情是難的。這些年我身邊的朋友越老身材卻越好的很多，他們常說是受了我鼓舞：「看你都可以了，我也來試試看吧！」我的運動資質其實很差，朋友們都知道。夢想雖然遙遠，但我還在慢慢趕來……。

我打算要擁有一個世界冠軍，在八十五歲的時候。

我跟朋友說，我想要拿一個世界冠軍。在我八十五歲的時候。在哪個方面能夠拿到世界冠軍，我曾經做過「理性」評估。我統計，如果我八十五歲時能夠跑完全馬，只要在關門時間前（通常都是六或七個小時）跑完，我應該可以得到世界冠軍，接受大家對於一個老太婆的歡呼。

朋友說：「不可能，我相信你一定只能是第二名！嘿，真不巧，我的夢想跟你一樣！」

他和我同齡，我們都在中年之後才開始練身體，他比我厲害，不穿跑鞋（真是鐵沙掌）可以在四小時左右跑完全馬。如果路程不難，我的成績是五小時半左右。我從來不太勉強自己的速度。跑完全馬的第二天，我還能逛街。

這一切要靠每天持續的練習，馬拉松是比耐力，而不是比速度，較沒有天分的問題。我這位朋友，年輕時就是運動健將，創業多年，飲食不調，也曾把自己糟蹋出一個啤酒肚，百病叢生，也是「二度就業」的運動者。我以前自認為文青都是不愛運動的，班上大隊接力從來不會選到我，如今高中運動校隊的同學都在抱怨自己膝蓋壞了，我竟然還可以輕輕鬆鬆長跑，我自己都覺得不可思議。

「呵呵，我一定是第一名，因為我是女子組的。就算是男女一起算的，哈哈，我也可能第一名，因為女人平均活得久！」我對朋友說。

我每週去健身房「擼鐵」（就是用那些金屬器材）兩次，偶爾去做瑜珈，每個月平均練跑八十到一百公里，如果有兩天沒運動，我就會覺得全身怪怪的。我的腰身和大學時候差不多，贅肉算少，沒有蝴蝶袖，消掉了可惡的小腹，仍可以穿下 S 號的衣服！

「還能夠跑，是多麼美好的事情啊……。」

跑步的時候，我總能聽見內心裡的「超我」對自己這麼說。

跑步，讓自己的皮膚感覺身邊穿流的風、浮動的空氣；感受溫暖的光和毛孔上的汗不斷打著招呼；感覺自己的腦裡積壓的各種灰色物體漸漸的蒸發，失去了沉重的煩憂；發現自己原來很幸運，因為能夠大口大口的呼吸……。我體會到原來自由並不是枯坐著無所事事，而是仍然可以大口喘息，隨意舞動肢體或選定方向無所阻礙的奔跑，仍明亮的眼睛仍然可以瞻望美麗遙遠的遠山和天空，心跳的聲音讓我明白我當下的確興奮的活著……生命果然沐浴在神妙的魔法之中。

卷三

# 我聽見學習的鼓聲

如果這世界上靈魂不滅，
我們可以像「小王子」一樣，到每個星球旅行。
這一生，有幸來地球。
我，只可能來地球一次，那麼，學習就是我來這裡的任務，
盡情地活，努力地學，
也許什麼也帶不走，卻讓我的旅程充實而愉快。

# 12別讓三十歲之後，精彩人生就死了

請你講講你人生中最精彩的故事吧？

有個發表在知名期刊的訪談錄，訪問了三十多個老人：「你人生最精彩的事情是什麼？」

老人們打開話匣子，零零碎碎的回憶著：考上大學，離開家，和情人許下承諾，剛出社會吃了些苦頭……。

學者整理歸納發現：老人覺得精彩的事，全部發生在他們三十歲以前！

也就是說，三十歲之後就沒有什麼精彩事可提。

這實在是個讓人毛骨悚然的結論。試想，現代人動不動就活個八十歲，後面三分之二的人生，在記憶裡沒有任何精彩值得提？

的確，一般人在三十歲過後，生活開始邁入穩定期，結婚生子後通常不再追求什麼夢想，然後，老，病，死，輪番來襲。企圖還讓人生活出精彩兩字的人，確是少數。

**什麼是精彩人生？無疑的，沒有岩石和暗礁激不起美麗浪花。精彩人生必是入虎穴取虎子：遇到困難、盡力衝破，於是你得到你夢想的結果或你意想不到的收穫，這才叫做精彩。**

如果你一碰到阻礙就往回走，永遠選擇最安全最通俗的路，哪裡有所謂精彩？

但是大多數人在自覺得不太年輕之後，總是老於世故的選擇一條不刺激，看似保險的道路，變成芸芸眾生之一，開始嘲笑那些還在衝鋒陷陣的人傻，為什麼不享清福呢？不回歸正道呢？不修身養性，「含飴弄孫」呢？

我的確是個很在乎中年之後仍企圖精彩的人，還很享受在校園讀書，還在體驗很多新鮮事，看到機會也不怕重新創業。我永遠喜歡沒去過的國家，學習還不會的事情。我的耳邊常常出現許多來自「正常中年人」規勸的聲音。

「幹嘛這麼累呢？不是退休的錢都有了？」（做事難道只是為了多賺錢？）

「賺錢有數，生命要顧！」（做事業一定得不顧身體健康嗎？）

「那麼拼幹嘛，不如好好照顧家庭！」（努力工作就不能照顧家庭嗎？）

這些老生常談其實都有邏輯上的謬誤，把還在努力的人，打成了功利之徒，扣上了自私和貪婪的帽子。

**不再追求，不再掙扎，不再有火花，自設柵欄，熄火滅燈……這樣的人生，固然安穩，但是否也像一座自找的監獄？**

仔細想來，任何「主流思想」，都是要我們的人生穩紮穩打，以安定為最高目的。於是許多上一代，在孩子剛從大學畢業，就要他去尋覓一個「有退休金」的工作，太多人過了三十歲之後，把夢想當成了夢囈，不再做夢，只想活著。

我覺得這是一件恐怖的事情。只想穩穩活著的同義詞是，靜靜地等著死。怕死，又不敢活，多麼矛盾。為了一件事情努力的感覺，多麼美好。

## 沒有野心，就像是一隻不想離籠的鳥

用中文說人家「有野心」，從來不是一句好話。應該都會讓人不由自主的想起劇裡被畫成黑臉的曹操之類。

對於女人，恐怕更不是個好的形容詞。說的人必有貶意，必然認同牝雞不能司晨，分內事必然不做好，就是一副宮鬥劇裡的狠角色，也沒好下場。

野心有什麼不好？多元社會有很多的發展路徑，有野心不代表要把皇帝幹掉。

有野心的人都有理想，也想要付諸行動。

而我們對野心一詞，竟然如此敵視。

**野者，應該是自由自在奔馳原野，不想被原來規範束縛的意思。一個人如果想要活出自己的路，都是要有野心的。我說的野心，是不間斷的企圖心。**

賈伯斯沒有野心的話，我們不會那麼快有智慧型手機；馬雲沒有野心的話，沒有阿里巴巴；莎士比亞沒有野心的話，不會寫那麼多精彩的劇；郎朗沒有野心的話，不會彈出出神入化的琴聲……舉不完的例子，任何有成就的人從來沒有任何僥倖，他們都在一條意念清楚的路上堅持前進，就算是面前忽然遇到一團烏雲，他們也會在迷航之後找到新的方向，繼續揚帆。

野心不用大。野心是，想要讓自己到達某種高度，過某種生活，做某個事業，想把一件事情，做得比自己想像中好，而且，不斷尋找可以達到目標的方法。有野心，未必表示他不能過尋常生活，想要排除異己，或者眼高手低……這些都是封建時代的偏見。

比起「有夢想」，我還比較欣賞「有野心」。

有很多人談夢想，都是用來讓現在的自己覺得偉大的，並沒有真的想要實行。這個心理學上的成因在於，我們習慣把將來的自己當作別人，亂開未來的支票，現在也不用太費力。

我還真的滿怕人過了三十五歲，四十歲，什麼也不是，還滿口談夢想的。淨談夢想，而自己根本完全沒有在通往夢想的那條路上的中年人，還真的不太少。

在我看來，每天看政論節目，大發議論，但現實生活中對家庭貢獻有限的中年男子，就是用「關注」大議題來取代對現實世界的失望。一再的談論他不能改變的事，而且用他的意識形態來改變別人，使他們眼睛有著迷離的幻想之光。

我有個朋友的老公就是這樣的人。她是個很有才華的女人，我很樂意跟她聊天，但如果她約我，我都會特意問：這個飯局妳老公也來嗎？如果她老公也來，我總會沉吟一會兒，找個理由說我很忙。我真的不想浪費時間聽一個某種政治或宗教的狂熱份子侃侃而談，浪費一頓飯的好心情。

至於那些老是關心著別人家私事或八卦的人，當然也敬謝不敏。我在影劇圈很久，未必跟明星們很熟，不要問我誰是同性戀者，誰的婚姻如何……就算我知道了，我也不能說。因為那不關我的事，而且是別人的隱私權。

我記得我曾經在某頓飯中故意接了個電話，說我有急事，然後禮貌開溜。因為對面的那位昔日同學，問我的某某某的事，比任何報社記者敢問的事都多，讓我食不下嚥。我什麼都不回答，顯得我不夠親切，我回答了，則沒有口德，也不夠聰明；問題在於，她問了Ａ，我已支開話題，然後，她還非常沒有知覺的問了Ｂ和Ｃ……這飯還真的不能繼續吃下去。

中年之後，我知道自己剩下的時間不真那麼多，對於我不想浪費的時間，去留取捨比較果決。

有些人沒有野心，但對於管別人家的事，野心十足。

**我們都該有野心來過自己想過的生活。而不是把重要時間花在並不能讓自己高興，對別人也沒有幫助的地方。**

如果你不喜歡野心兩個字，比較好聽的說法，是有企圖心，或做事積極。

社會還是在進化的，這些年來，有企圖心的人比較被接受了。如果一個上班族被老闆評為沒企圖心，那麼，他雖然不會被炒，但也絕對不會被升遷。

**我們最應該有的野心，就是活得精彩，而不是在短暫的燃起夢想，說得口沫橫飛之後，簡短的被一句「很難」或「算了」打敗，然後繼續躺回自己並不滿意的生活方式，等著哪天有人來拯救自己離開那條並不想走的路。**

你至少要有讓自己過得好的野心。

你至少要有讓自己過得好的野心，於是需要刻意學習。

## 為學習設定一個短期目標

我覺悟得不早，也不晚。

從三十歲後，我打算每年學一樣新東西。算一算我還真的學過不少東西，不管別人看來有用還是沒有用，不管真會還是假會只能做做樣子，不管學得深或學到皮毛，從來沒有一樣，是我後悔曾學過的。

我是個「可以用力，但事實是沒什麼忍耐力，如果是不喜歡的事情，大概也無法為了利益做長期努力」的人。

由於我的勇氣高過耐心，所以我在學習上喜歡給自己一個進度、期限，或者是目標。

萬一真的沒有太大興趣，我至少可以在達到短期目標之後瀟灑的掉頭離去，告訴自己：「至少我們是因為了解而分開！」

短期目標，表示敲了入門磚，之後要不要入門，或有沒有條件再更上一層樓，那就要看自己是否想再前進了。

在我看來，人的學習態度，大致可以分成兩種。

**一種只想要漫無目標的在生活中憑經驗學習。**

**一種是積極的刻意學習。**

大多數人（在我看來其實是八成吧）都是經驗學習。經驗固然重要，但是過度隨機，未必能夠從經驗中歸納出任何的結論；過去的經驗，事實上也不能夠完全用在對應未來。如果沒有給自己學習目標或期限，一輩子的確很容易在「老地方」得過且過的混過去。

人云亦云。

得過且過。

對大部分事情不求甚解。

這樣的人生當然活得不深刻，每天會呻吟自己無聊，找事情只為了殺時間的人，多半屬於此類。

有些人也不是不想學，只是太喜歡用「學這個有什麼用？」或者「沒有時間」來當藉口。事實上這樣的人活得滿功利主義的，也永遠活在「表皮」上。有用，他才學。

這個說法簡單闡述起來應該可以解釋為「你要努力讀書念好大學才可以賺更多的錢！」之類的。人生所有的積極作為都當成是為了「錢」這個東西。雖然，你要他承認自己勢利，他絕不承認。

很多人有種觀念而不自知，且視為理所當然。

我記得有一次聚餐，我早到了，一位醫生同學看到我拿出了一本有關於經濟學賽局理論的科普書在讀，他很驚訝的跟我說：「又沒有要考試，讀什麼書呢？」

呵呵。原來很多人到了這個時代，觀念還停在《儒林外史》范進中舉的年代。讀書等於學位等於前途，如果中間沒有等號，求知對他沒有意義。

我強調的是「刻意學習」的人生。

我很喜歡學東西，只要我想要了解一樣東西，那麼我喜歡跟著該行業的專業人士學習。我的老師比我年輕很多的，大有人在。

術業有專攻，專業非常重要。

跟專業人士的一小時學習，比跟不專業人士東說西聊幾年，成效大許多。雖然後者讓大家感覺沒有壓力。我很怕東說西聊的場合。但在我看來，如果你不刻意去找專業人士學習，大多數的人們聚在一起，都是「你不知道，我也不知道，我們就算聊一百年，也是誰都不知道！」

**刻意學習的人生嚮往的是「如果你知道，就請你告訴我；如果我知道，那就由我告訴你！如果我們都不知道，那麼我們就一起去找知道的人請教吧！」**

一群不知道的人，有啥好聊？我沒有太喜歡「一群臭皮匠，勝過一個諸葛亮」這種俗話。非專業的經驗法則，大概只適用於百年前的社會，那時的社會變動不大，時間很多，很多事情都可以用七嘴八舌磨牙根磨掉。（我對於開會的態度也是如此。我認為任何會議絕對都可以在五分鐘內開完，一定要有主旨和目標，開會又不是同樂會。可惜大部分的會議，都流於一群不知道的人在紛陳己見，胡說八道，連為什麼發生意見衝突，都不知道。）

做事業，做大大小小的工作，我是個目的導向的人，但我的學習除了了解，未必有什麼目的。

這些年除了那些大家都學的開車或游泳，英文日文法文或高爾夫球等實用技術之外，我的確因為好奇半逼迫的要求自己學了不少東西。

有時會以拿到證照為宗旨以確認學習結果。算是給其實沒有天分的自己一個交待。

比如潛水，比如帆船。老實說我沒有真心喜歡水上活動。

潛過幾次水，開了幾趟船之後，雖然也得到相當大的樂趣，但是也沒有一直在從事類似的活動。只在忽然有機會的時候，參與一下。畢竟這兩者都需要很「專程」的投入，而我只有一些粗淺的知識，只能做到敢下水，還有至少了解怎麼樣不會把船開成鐵達尼號而已。

以潛水來說吧。一輩子沒有潛水過，還真可惜。

雖然已經幾年沒有潛水了，我閉起眼睛都能夠回憶起在海水平面以下的感覺。陽光照在珊瑚礁上，水光在頭頂畫出美麗的藍色花圈，我每吐出一次氣息，都變成了一個漂亮的水泡，急速漂向光的所在。就算眼前沒有繽紛的熱帶魚群，或者舞動著肢體的海葵和水草，在海底的感覺也彷如忽然落入了禪定和靜心的體驗，世界安靜到只剩下自己的心跳和呼吸，時間消失了，雜亂的思緒像是一個忽然被整理得乾乾淨淨的衣櫥。

我潛過台灣的一些安全海域和潛水聖地西巴丹，那種心曠神怡的感覺絕對不是只在海面浮潛往下看的海龜型玩水者可以體會的。

有些事，以我的天分來學，很吃力，但學了之後，發現它帶給我的樂趣和意義，在想像之外。還真的像是天上掉下來的禮物。

比如說佛朗明哥舞吧。我曾經熱衷的學了兩三年，常常在出差的時候，在旅店陽台上練習基本舞步。

我曾經笑自己是「感覺統合不協調者」，從小對於舞蹈，就算被老師拿著竹枝子打，也顯然打不出天分。（羅曼菲和許芳宜小時候參加的蘭陽舞蹈團，我也參加過了幾年，但始終是那個笨手笨腳，跳不了主角的小學生。）

當年跟我一起學習佛朗明哥的同學，有好幾位都曾是職業舞團的台柱。

但是，那沒有關係。上不了台，但我的努力至少讓我能夠欣賞舞蹈。

## 奮鬥會成為一種習慣，樂觀會形成一種力量！

學不好，有什麼關係？奮鬥會成為一種習慣！

我也上過兩年的攝影學院，學會使用各種相機，就算在連電池都會掛點的寒冷南極，我用腦中精算的手動光圈的機械相機還是能夠拍出挺好的照片。雖然，攝影的科技發展得太快，攝影在這幾年已經不算一門專業技術了，我的那些手動相機也都束之高閣，可是無論如何，我還是相當慶幸自己學會過使用那些笨重的老相機，體會過快門按下那一剎那目眩神迷的感覺，並且至今還捨不得丟掉，那放在冰箱裡許久的，已經沒有人會幫我洗的幻燈片。

我覺悟得晚。三十歲前，在談感情和跟人際關係或原生家庭的各種自我糾結中，憤怒，焦慮，憂愁，懷疑自己，浪費了不少寶貴而美妙的青春時光。

也就是說，我其實懺悔自己花了那麼多時間在跟其實不會得到任何成就感的事情，比如愛情拔河。

三十歲之前我像隻自以為有本領的「黔之驢」，其實招式很虛，有一張還算漂亮的學歷。

有關好好讀書這一點，我覺醒得比較早，大概是國二就開始覺醒了吧。在鄉下學校，我是山中無老虎，猴子稱大王，國一的時候，只要我參加任何比賽，什麼作文啊閱讀啊演講啊，我幾乎都能名列前茅，成為學校的風雲人物。有一天我在上廁所的時候，聽到兩個女生在外頭談我：「那個吳淡如，不管她多愛出風頭，她成績比我差，這次月考只考了二十幾名……。」我很清楚的聽到這句話。

孔子說：「不憤不啟，不悱不發。」我就是這種要受到刺激才會有所啟發的類型。我心裡想：「好傢伙！我……下次一定要讓你看看我也是會讀書的！」

我開始準備好好念書參加考試。後來，又是山中無老虎，猴子稱大王。國三當時宜蘭縣的模擬考是全縣一起舉辦的，我考過好幾次全縣狀元。不只是「女」狀元，而是男女生全部的狀元。考試被我當成某種娛樂，所以升學主義雖無聊，對我造成的傷痕不深。

說實在的，後來想想，能夠看輕我的，都是我的貴人。被「黑」，其實是短空長多。

既然無敵手，那麼一直留在鄉下好像沒什麼意思，所以我才會來考北一女。那時候我悟到了，像我，沒有太好的外表條件，沒家世也沒有祖產，完全不能不奮鬥就出人頭地……那麼，世界上對我最好的免費資源，就是一紙好文憑。一定要念最好的學校，這樣我日後就不用一直跟別人證明我不笨。

到了北一女，才知人外有人，天外有天，從鄉下來，中文被國文老師笑是「鄉下發音」，英文發音不標準，從來不知道有英語電台，第一次聽到英文歌，而且發現大家都會唱的時候，我真的好驚訝，她們到底是不是外星人呀！

高一成績不好參加不了樂隊，身高不夠參加不了儀隊，甚至作文還被老師評過零分、文不對題，也加入不了校刊社。高二為了證明我不只是個什麼都不好的鄉下同學，我努力讀書。

奮鬥會成為一種習慣，當然一直想要一百分，也會有很大的人生副作用。沒有自信的人，一定會用自卑或自大當自己的臉。

我是個取巧的人，雖然當時我好景仰建築師這個行業，但我更想要上台大（一句老話，如果你什麼都沒有，年輕時最佳策略就是去拿一張好文憑，那麼你一輩子不用太努力跟別人證明自己不笨），上台大的話，念文法商顯然比念理工容易。所以我到高三時自己摸著頭想了想，轉到文組去。

轉到文組，連本來不算好的數學都相對下變得成績優良。高三的時候全校模擬考，我是真的考過北一女全校文科一千多個人中的第一名。那時候我得意的想：其實很厲害的台北人也不過是這樣呀！我不是那種超級用功的人，但我一向會用「老師會怎麼出題」的眼光來對付教科書。

總之三十歲之前，我是個不真的有自信，卻又挺自大的傢伙。

那時候的我，唯一擁有的資產大概是對寫作的熱情。

從現在看來，我那時候的「寬度」實在有限，只從有限的生活和閱讀上學習知識，活得並不是很自在，也過度在意別人對自己的看法。

其實我年輕的時候，魯莽從來沒有缺過，但並不真的勇敢的追尋自己。

三十歲那一年，最難以承受之重，應該是我弟弟過世吧。

從小是資優生，念建中，考上台大電機系的他，是個聰明卻想法負面的孩子，大學一畢業，在種種解不開的情感的結之中，他選擇結束生命。

現在說起來平平淡淡，因為已經時移事往，事實上心裡這個傷口結痂，花的時間，超過六七年。

我當初去學自己並不是很感興趣的機械相機，其實是為了轉化另外一種方式懷念他。

他在台大的時候，當過攝影社的社長。我學攝影的初心，是想要帶著他的另一雙眼睛看看這個世界。這個緣起，開啟了我的學習步履。我開始嘗到了主動學習的樂趣。述而作，對我充滿誘惑力，比跟人家喝下午茶聊是非有趣多了。

## 學習是我來到這星球最重要的任務

有些觸動過生命的節拍，聲音和瞬間印象，永遠像剛摘來的蔬果一樣有朝氣，在我的記憶寶盒裡，從來沒有被遺忘過。而且讓我相信，最光華亮麗的人生，就是由一些不為人知的感動所組成。

**每個人都是來這個星球旅行的小王子，主動學習使你不遺憾。**

如果這世界上靈魂不滅的話，我們可能會像「小王子」一樣，到每個星球旅行，這一生，有幸來地球。我，只可能來地球一次，那麼，學習就是我來這裡的任務。盡情地活，努力地學，也許什麼也帶不走，但那卻是讓我的旅程會過得充實愉快的經歷。

學習是很有趣的，可惜人類社會把學習制式化，設定了很多競爭規則，讓我們在學校裡為了和別人競爭，失去了自信。

我們被迫學習了許多不能解決生活問題，也不能夠幫助我們建立思考模型的知識，枯燥，苦，而且感覺被催逼。所以我們不知不覺的把學習妖魔化了，一想到學習就皺眉頭，就覺得害怕，心虛，自卑，煩悶，鬼打牆，而且還不自覺的想要和其他人比較。

被迫的學習，不管學的東西是多麼有意義，就像是強迫你吃下的東西，再美味的食物也會讓你失去味覺。

主動的學習，才能翻轉學習的樂趣。

而事實上，學習可以是極廣義的，就算是工作的時候，旅行的時候，上菜市場的時候，購物的時候，看書的時候，甚至追劇的時候，我也透過觀察，學到了不同的國家或不同的人身上，我所景仰的長處，和我欠缺的東西。

但是，只有生活上的學習與觸發，其實是不夠的。你不能老是等自己頓悟，你還需要課堂上的知識，因為系統性的知識歸結了前人智慧的累積。

**我相信社會是最好的大學，但是一個人如果想要成長，不能只是隨意的在社會大學裡面打混，守株待兔的等待自己感悟。學習，然後反思。才能夠把生命提煉出厚度。**

如果只是守株待兔，不主動學習，那麼，就算活到八十歲，最多也只能倚老賣老。我們的身體退化，而智慧與智商並沒有進化，沒有反思能力的人，不論活到多老，情商也高不到哪裡去。

學有興趣的事，就能夠創造有節奏的生活。

## 勇氣就是學習的利息

我後來學了好多東西，也在學習中獲得了勇氣。

**不管學什麼，你得學會克服挫折，你一定會得到那附帶的紅利，就是勇氣。**

勇氣讓我不怕學習，不怕坦誠失敗，有了新的視野，在學習中，路越走路寬。

我不敢說自己變成多好的人，但至少比起當時，我是一個更能解決問題，更能接受新知，更能理性思考，更勇敢的人。

還有，一個更懂生活樂趣的人。

我跟著陶藝家黃玉英也做了三年陶藝。至今家裡用的碗盤還是那時候的作品。

我的手笨。連拉坯都要她幫忙才會拉得工整。不過，我倒是很享受陶藝所帶來的類似「女媧補天」的樂趣。那幾年，我沒有什麼休閒生活，大部分時間都在攝影棚和錄音室裡度過，摸摸泥土，從有到無，是我最佳的消遣。

沒事我就在陶藝工作室圈泥條，拉坯或彩繪盤子。

後來她打算開班授徒。為了要放電窯，我買了一間位於忠孝東路的頂樓當陶藝工作室。我付了所有的裝潢費用，也沒有收她房租，她也沒有收我學費。我們在陶藝工作室裡還請了王仁傑老師來教我們油畫。

王老師在幾年後成為非常受注目的抽象畫家，他的畫作水漲船高。因為我的油畫技巧實在不太高明，所以也不好意思說自己是他的學生。

油畫課，大家都在臨摹梵谷，只有我在畫自己的想像畫面，老師一直很容忍。名師未必出得了高徒。但是跟「真正會」的老師學，是很有樂趣的事情。

不知道該說是我不適合油畫，還是油畫不適合我。油畫的確麻煩，而且我是急性子，等油彩乾，真的快等出心臟病來，洗油畫筆時，又驢到搞得自己全身衣服都花了，洗也洗不乾淨。我後來改用壓克力，這種速乾原料比較適合我的個性。

反正我大概只適合塗塗牆壁。抱著這樣的心情，繪畫一直是我的心頭好。

我常常在孩子睡著後，在我家小小的客廳擺出畫布，萬籟俱寂時，我是唯一的畫師，用飽滿的顏色，畫著我腦海裡的動物朋友們。他們似乎在對我說，謝謝你把我釋放出來……我一個人會忍不住的大半夜裡自己微笑，感覺「法喜充滿」，畫到捨不得睡覺。

我後來在故鄉梅花湖畔開了小熊書房餐廳，其中一個目的就是把我那些不太有人欣賞的畫掛出去。在開飯店的朋友的邀請下，我開過一次畫展，還把畫賣光了，把款項捐出給慈善單位。主辦單位對我說，怎麼畫價開得這麼低呀？其實我心裡想的是，有人喜歡，我就十分感恩。

這是真話。我是個擅長謀生，也有幸能夠待著高報酬產業二十年的人，不管做什麼，是不是我的本科或專業，我都盡力學到做到我能做到的地步。我尊重專業必有市場價值，不能自貶身價；但如果那是我的興趣，而且我也還在「學中做，做中學」的話，我一點也不在意價格。我常常免費且興高采烈地幫朋友設計商標或封面。

寫作，有時會有時間壓力，或者題目被專欄的編輯打槍等問題，並不是純粹的娛樂，但畫畫對我來說，是紓壓娛樂，總能讓我很高興。

靜靜的，專注的，用筆在空白的畫布上，沒有拘束的畫出自己想要的形象和色澤，興奮感在我的血管裡跳躍，我甚至能因為感覺自己的腦波變得和諧（如同柏林愛樂所演奏出的悠揚協奏曲，用俗話說就是「頭頂有光圈」）而領會到：此時此刻活著，真好。

年輕的時候，在意的是生活技能。

當生活無虞，我們的學習常常鈍化，覺得自己憑著已經學會的一招半式，就可以永久闖天下。其實當高深莫測的ＡＩ世界到來，所有的技能都可能在瞬間變成不被需要。刻意學習是必須的，可以多讓自己認識新的朋友，看見新的路徑。

大部分的人，都採取生活工作二分法來對待自己的人生。工作，等於賣命，為了賺錢，生活，只是日復一日的吃喝拉撒睡。怕死，卻無作為的坐著等死，想活，卻沒有盡心讓自己好好活。

**如果能夠換一種態度，用著學習的態度去應對工作和生活，人生怎麼可能無趣？**

有幾年時間，我做著珠寶鑑價節目，也花時間去研讀翡翠鑑定課程；我喜歡咖啡，就考了英國的吧台咖啡師執照，並學習咖啡烘焙；喜歡酒，我考了WSET二級葡萄酒品酒師，烈酒品酒師以及日本清酒侍酒師……說起來很簡單，但也花了我好幾年的時間。

有時我去考執照，有時我回學院讀書。近十多年來我念了兩個商學院，雖然很花力氣，考試都是真槍實彈，也十分辛苦，但是這些學習本身比我賺得的利益更值得珍惜。（為什麼我那麼喜歡EMBA？當然有原因，第14篇中聽我道來。）

我常常遇到似乎很有興趣，一直詢問我，但幾年都沒有行動，嘴裡眼裡常存遺憾的人。忙，不是理由，我其實不相信他們能比我忙到哪裡去。**有些事情其實又好玩又簡單，只要學就會了。在想行動時找理由拖延，只肯做自己熟悉的事，又同時在抱怨無聊，才是在人在原地踏步的原因。**

# 13 我不是個專一的人，卻是個專心的人

我弟弟的小孩，曾經被診斷為ＡＤＤ（Attention Deficit Disorder，這個名詞還有各種縮寫和說法，因為這不是醫學書，所以不是重點，不在這裡討論）。比如剛上小學時，他在上課時會不由自主的忽然起來走動。他並沒有吵到同學，但是對於班導師是一大困擾。

我弟媳婦在老師建議下帶他看醫生，開了一些藥。我一向很有實驗精神，把那個藥拿來吃吃看，嘿，果然它不是真的用來「治療」，而是用來「減緩症狀」的，甚至要說它麻醉也可以。我吃了之後，一個下午昏昏欲睡，根本不想動彈。難怪，老師認為它對過動的孩子有效。

注意力缺失是一種病嗎？我不認為。在原始時代，人類從幼兒開始，他們

雖然有父母保護，但也必須在原野上學習如何採果子，如何跑的快點以免被老虎吃掉……他們應該不會像一顆一顆蛋一樣好好的被放在籠子裡，就像現在的小學生。如果老師上的課很無聊的話，還要那麼小的孩子集中注意力來聽，本來就是違反人性的事。

姪子現在已經念了大學，是個活潑懂事的孩子，基本上沒有太大問題。

說真的，以傳統老師們的教學方式來說，大概只有十分之一的老師，教學的趣味度能夠讓孩子們聽下去。要檢討的不是孩子，而是大人。

沒有人能夠證明，那些小時候就「乖乖聽講」的孩子們，長大之後會比較有出息。他們只是比較服從集體主義而已。而那些注意力不集中，被老師討厭的孩子，很可能最後變成討厭上學，那才是問題。

我不認為注意力缺失是一種病。正如老年的記憶力缺失，也不是一種病，是老化的過程會發生的問題，應該有吃藥之外的方法。

有一本談克服注意力問題的書《分心也有好成績》（*Delivered from Distraction*，中譯本已經絕版），作者是哈佛醫學院的愛德華・哈洛威爾

（Edward M. Hallowell, M.D.）博士，這本書很有意思，歸納了ＡＤＤ的好處和壞處。他說ＡＤＤ的大腦是一步跑車，有時候會橫衝直撞，但如果能夠好好的管理與應對，它的性能可以優越無比。

事實上，我從小也是個會「晃神」的小孩。如果我覺得那堂課無趣，我很難專心聽課，如果不是亂走動或跟同學們講話會被罰站，我應該也會常常站起來晃動。因為沒有辦法聽課，所以我發現在課本上寫小說，畫圖，假裝是在記重點，是不錯的排遣方法。

我以前常常覺得，如果某些課，老師並沒有一直呱啦呱啦講解，同樣的時間讓我自己讀，用我的理解方式，應該可以學得更好。我的成績不算差，應該都是自己在考前讀來的，始終不是在課堂上專心聽來的。如果一個老師，照本宣科的照著課本念，而且聲音並沒有太好聽的話，那憑什麼要學生乖乖聽課呢？如果一個老師的觀念，沒有任何亮點與不凡之處，那麼學生怎麼能夠被釘在椅子上坐一個小時呢？何況一天要坐個七八小時呀。

辛苦了，孩子們。

我在課堂上的注意力缺失問題，後來念ＥＭＢＡ進入學校，也並沒有完全改善。如果老師教的沒有系統，不是新知，我真的還是聽不下去。好的老師當然很多，但也有一些老師，就算教到了最高學府，教學仍然沒有章法，或者提出的都是二十年前商戰上古時代的舊案例，真不知道怎麼佩服他。

尤其在ＥＭＢＡ裡，學生都不是省油的燈，我還看過企管博士還來念ＥＭＢＡ的。大家雖然很世故，不會拆老師的台，但私底下做什麼，老師可管不著了。我通常在寫稿。

「你真是夠了，一邊寫稿，手在打字，還可以抬起頭來跟老師點頭！我本來以為你這麼認真，一邊聽課還一邊做筆記，沒想到還有這招！」坐在我後面的同學，發現了這個秘密。

「喂，你打了一個錯字！」有一次，我後頭的同學竟然還在默默幫我校稿。

「你可不可以專心聽課？」我又好氣又好笑。

他聳聳肩：「唉，真的好難，如果我專心聽課，我就會很想睡覺，我怕打起呼來。」

不只我。如果老師完全照本宣科，而且不互動的話，你會看到這群年紀其實和老師差不多的學生們在做什麼。有人在看閉路電視的攝影機，觀察員工在他不在時做什麼；有的在寫企劃書⋯⋯。

我記得有一次上課（不好意思說是哪個學校），有一位英國劍橋的博士，不知道為什麼還真不會講課，用的題材老掉牙，而且自以為幽默的地方都讓人尷尬，但因為班上導師真的管得很嚴，所以同學們也都不敢溜出去曬太陽⋯⋯更恐怖的事，他這堂課要整整教十六個小時，兩天。

我隔壁的那一位優秀的建築師女同學，竟然拿出手遊來打，幾個小時後，我把手邊稿子寫完了，也忍不住了，對她說：「可不可以借我打一下？」

她大笑。差點驚動了老師。

ξ ξ ξ

我們來看ＡＤＤ的好處與壞處吧，以下為我所節錄的精簡版：

好處：（以下只是可能）

一，不隨俗的思考方式。

二，可能有不一樣的創造力。

三，獨特的人生觀與幽默感。

四，意志力與堅持。難聽一點叫做頑固。

五，直覺很強。

六，個性溫暖，大方。

壞處（其實很多，這裡只列十二項）

一，無法對別人解釋自己的想法。

二，受挫折時覺得很沮喪或憤怒，挫折忍耐力較低。

三，不擅長做規劃，包括理財。

四，被不了解的人認為懶散，態度不好，不專注。

五，缺乏組織能力。房間或書包亂七八糟。時間管理也會出問題，常到了最後一刻才想做重要事情。

六，會被新奇或刺激的事所吸引。

七，特立獨行。對於他認可的事，他才會有同理心。不喜歡的，會非常沒有同理心。

八，很容易對某些東西上癮。

九，常常陷入思考或發呆，不管自己在哪裡。

十，未必有道理，就會改變方向。

十一，無法從失敗中學習，常常重複同樣的失敗策略。

十二，不太記仇（這也是好處）。容易原諒別人，大部分的原因是因為日子久了他就忘記了。

這些壞處，我原來都有。這本書使我了解了自己的短處，自己想辦法去解決它。我很明白，我絕對不能夠用「正常方式」要求自己。

以時間管理來說，外人看來我做得非常好。好像一天可以做完很多事情，事實上，只有我自己知道，我仍然有「把它拖到最後一刻」的習慣，要用一些方法來對付自己。我明白，我工作效率最高的時候，其實是必須出門前的一個小時（要讓我感覺到有一點壓力），所以我常常會告訴自己：「嘿，你只有一個小時把這個報告寫完，或做完PPT檔案。」然後給自己一些小小犒賞。犒賞很簡單，不是買東西，很可能只是再喝一杯咖啡。

我也還是受不了過長的討論和開會，受不了嘮叨，或者是我認為的廢話。如果對方說的實在是廢話，或沒有邏輯，我為了要防止自己不打岔和辯白，我常常必須要看天空或強迫自己脫離現場，去想完全不相干的事情。不然，那種感覺和有癢不抓的感覺非常相似。

哈洛威爾博士說，**對付這種ADD，最好的方法還是運動。或讓自己專注的做某些事情。**

**我做了許多事情，考了一些執照。看起來好像沒有章法，其實對我都是最佳治療。**寫作不可能不遇到瓶頸，而在瓶頸期我的情商的確很低，那麼我就必須暫時放下這件事，做另一件事調劑，等我做完別的事再繞回來我的主要任務，通常我的情商會恢復正常。

對我最難的事，就是發誓自己一輩子要做同一件事情而已。有些人就是很厲害，一輩子只喜歡一件事，只能死死愛一個人，我應該沒有這種美德。

ξ ξ ξ

而我的那些執照通常都是很有生活娛樂性的，對生活是很好調劑。就算我的本質還是半途而廢，就算有時候我真的好想曠課，但我會好好安慰自己，按部就班把那個計畫做完，把那個執照考到，不然，老是在遺憾的話，我的人生會充滿沮喪。

記得念大學的時候，我應該班上最會翹課的女生吧，因為我一點也不享受念法律，但後來，就算老師教得實在聽不下去，成年的我也還是會坐在課堂上。這就是與自我達成協議的結果。

最重要的，不是做給誰看，誰怎麼看，我都不在乎，但我自己怎麼看自己，我倒是很在乎。

「人家不是說，一輩子最好只專精一件事嗎？為什麼你要做那麼多事？」

有一次演講後，一位北大EMBA的朋友這麼對我說。

我想說的是，你應該把很多名詞都搞在一起了。

你應該也認為一輩子人也只能愛一個人吧。祝福你，如果這世界上每個人都可以如此，那麼失戀者應該會像侏儸紀的恐龍一樣絕跡了。

你要有特長或專長。但誰說只能有一個？

很多人很優秀，有一個超凡入聖的專長，但是並不代表這樣他就不能有其他的樂趣，只是其他專長沒有到世界之頂而已。

馬友友應該不是只能做拉大提琴這件事吧？

那個電動車大王伊隆·馬斯克（Elon Musk）厲害了，他十歲那年買了第一台電腦，並自學了如何寫程式。讀書時同時專精商學和物理，並且在網際網路、再生能源、太空探索上都有卓越成績。他連怎麼上火星都自己參與研發。這樣的人天分極高，他必定找到了研究創新的原則和方法。

你還在說人只能專心做一件事？你可能不知道，要人只有一個專長，基本上來自於法家：「螣蛇無足而飛，梧鼠五技而窮。」（《荀子勸學篇》）意思是：飛鼠雖然技能雖多，能飛能爬能走……但是卻很容易被獵人捉走，用來比喻人的技藝多卻不專精。

但你不是梧鼠。法家，或集體主義，當然是希望一個人越容易被定義越好。這樣才好管啊，誰要你有獨立的思考方式和獨立的人生呢？

**太想用一個簡單的方式定義自己，等於是繳械了自己的自由。**

**人生非常有趣，除了工作，有不少在文明中累積出來的技能值得探索，千萬不要太早把自己關進一個「我只能……」的籠子裡。**

只要新鮮的事，我還是想學，非關文憑或證書，我只是想在學習的路上。也不想被任何籠子關起來。

我不是個專一的人。那個「只能」對我太難，太無趣，也無意義，但我做任何事情的時候，我都很專心，在同一時間份額內，習慣把它做好，只要我敢承諾的事，就好好的完成它，這是充實與幸福的來源。

# 14別被勸告大隊帶著走！商人之道如此壯闊

考上上海中歐工商學院時，我曾告訴朋友群說我「又有書可念」了，馬上有一位昔日同窗來相勸：「人到中年，應該要養心，養身，怎麼還往名利場鑽，要看透啊……。」

她認為年紀大了，應該要皈依佛法。我唯一的因應叫做笑而不答。我只能來個「已讀不回」，一笑置之。顯然她對商學院有很大偏見，覺得那是個俗不可耐的地方。她覺得人到中年就該告老還鄉，虔心禮佛享清福；道不同，又何必開辯論會。

我觀察到：年輕時，大家對於彼此前途，都比較能寬容祝福，到了中年，不知不覺變成了「勸告大隊」一員，勸年輕人還不夠，對於周遭中年人也愛相勸，不管關己不關己。而且也不在乎自己有無資格，就來送你一個「像關心的教訓」。

喜歡開口教訓別人，是每一代中年人的特長。好像人生過了一半，就有資格說「不聽老人言，吃虧在眼前」，但年紀雖然長了，他人生走過的路也未必多。

細數我被「中年人勸告大隊」勸過的事還真多……。開始練跑，無數中年人來勸你，膝蓋會跑壞，中年人，散個步爬個小山就好……。

看同齡人工作奔忙，就老來勸：別太累了，賺錢有數，性命要顧……好像人每天早上起床，悠悠晃一天才是正經。自己出了校門才未必好好看過書，又愛勸誡自己孩子：努力讀書，不然你老大徒傷悲……但自己年輕時也未好好用功，老了也不熱愛成長。

要勸人，自己要先做到。不是嗎？

中年群組特徵就是常有人貼「怎樣活到一百歲」之類的長青文和勸世文，

還有早安圖……特別愛傳一些沒有根據的PO文來勸別人。

我曾訪問過一個營養師，她勸別人要攝取足夠蔬果，別吃宵夜，批評別的專家邪門歪道，當她振振有辭說明中年人每日至少要做三十分鐘心跳超過一百三十下的運動時，我望著眼前有八十多公斤的她，有點發傻。她敏銳的讀出了我的眼神，說：「我是因為太忙，演講太多，做不到……。」

難道我不忙嗎？呵呵。在我看來，說的比唱的好聽的人，別廢話了。

中年人勸告部隊會勸年輕人一出社會就要找個有保障的工作，告訴你大多數食物都有毒，勸你如何對待老公他才不會有外遇，自己親子關係未必好還愛教導別人育兒經，也會勸人世道險惡不知道的不要碰為妙……。

常動不動勸人，背後的原因應該是：腦僵化了，才想用「固定格式」套住別人。

**我常常警惕自己，別被勸告大隊帶走，也別加入中年人的勸告大隊！每一代年輕人必須有自己主張，因為他們面對的未來淘汰更加無情。未來，不是「老了，就沒用了」，而是「如果你沒專長，那麼你很年輕就沒用了」**，什麼都做不了，只能用嘴申請加入勸告大隊了。

## 人生本來就碰碰撞撞，耐撞還要會閃

很多人在年輕時就一路猶豫，選擇大學志願時，通常是最猶豫的時候。

事實上，我只有一個看法，就是：「能夠考上你想要念的學校或科系，最好，但那也不一定那就是你的未來，你的未來隨時有機會轉彎。總之，面對選擇，不需要太掙扎，選一個有可能愛的，就不用猶豫，努力的念就是了。如果你努力了，真的不愛，那麼，你不要害怕掉頭，也不要吝於更換！」

**我們的面前有很多選擇，最可怕的不是你選錯，而是你不選擇。不選擇也是一種選擇——原地踏步，什麼執行力也沒有，對未來來說，才是最壞的選擇。**

還好，我們已經不會被十八歲的志願決定一生，我們充滿自由，只要你做一件事做得好，已經沒有人認為你一定要是什麼「科班」出身；沒有人規定你做什麼一定要念什麼。

我自己大學念的是法律，畢業了，但我的確對人間律法沒有興趣。我肯定學法律這件事的確對我的人生有正面指引，使我變成了一個理性的人。但是否要貢獻一輩子在這裡頭，我實在百分之分不願意。

我當然也猶豫過，要不要考律師法官，這在當時看來是很能享有社會地位的顯赫之路，兩三年後好些同學都考上律師法官，我雖然沒有興趣，在校成績實在也不差，還拿過法律系書卷獎，有幾個晚上掙扎到了失眠，要不要也去參加考試？那個時候我正在念被視為「註定會失業」的文學院研究所，心想：如果能夠花個一年半年來準備考試，多個執照，是不是能夠讓我比較被社會看得起一點？

那個一直在勉勵我的超我說：「去吧，只要刻苦一點，你行的。」

本我：「可是我做這個工作，真的不會太開心。你難道不知道我終於畢業，可以不用再翻六法全書時，我有多高興？」

超我：「可是你明明可以的！最近的錄取率放鬆了許多，那些考上的同學其實在校成績都沒有你好！」

本我：「拜託你不要這樣比！那不是我要的人生啊，如果我每天起床都要進法院的話，我應該不會活得很愉快！」

超我：「反正你很會考試，你去考，如果考上了，大家都會覺得你好棒棒！」

本我：「我為什麼要讓大家覺得我好棒，而我自己一點也不覺得那樣的生活很棒？」

掙扎了幾個晚上，我放棄了。雖然我一直當「不暢銷作家」直到三十歲，浮浮沉沉好些年，好幾個過年我因為怕聽到冷言冷語，連家都不敢回，能夠訂到去哪裡的機票就去哪裡，但是回想起來，至今我仍然感謝本我的堅持。

不是每一次都要讓那個充滿正面力量的超我獲勝。

方向若不對，加速前進會讓你走更多冤枉路。大道之行也，方向要對才行。

念完中文研究所之後，兩個我也進行過這樣的辯論。我那時候拿到了南部某個知名大學的聘書，超我很高興，本我一點也不想去當老師。老師是個不容易的工作，我教學的愛心和耐心不是沒有，但是絕對不夠。每天去同一個學校教同一群人，第二年又教同樣的事，我想到就覺得頭皮發麻。拿到聘書時，我竟然只有虛榮感，完全沒有興奮感。

本我又贏了。

年輕的我只知道我不想做什麼，並不知道我想做什麼。送到眼前來的機會讓我後來進入報社工作，薪水微薄，但我覺得那個工作至少會讓我每天上班時「意興遄飛」。在完全沒有社會經驗的時候，為了升學而讀書，無從明白自己的欠缺，事實上我並不知道自己真的想要學什麼。不管讀了什麼，都訓練了我，補足了我的某些欠缺。

我還真是「讀了什麼都安然畢業」、但都「真心不打算要做那一行」。

## 我最不想當的就是傳統文青，寧願當下里巴人

我一直在寫書，但我實在不是典型文青。跟文青說話很有趣，可以享受某些喜悅感，然而，文青多半是憤世嫉俗的……基本的意識型態大致是這樣：

「你不買我寫的書，那就是你看不懂我的格調！」

「俗人們做的工作，不值得我參與⋯⋯。」除了談意識形態與理想之外，其他都是俗氣的。謀生也是為五斗米折腰，不得已。

有錢的都是為富不仁，窮才能自視清高！（這一點其實很矛盾，大部分文青都很在意他們的智慧財產權可以換得多少價值不是嗎?!）

言語的巨人，行動的侏儒，全身最有執行力的就是舌頭和筆。

蜚短流長，尤愛議論時事政局，在他們眼中，誰的才華都不如他，都是文盲。

才剛開始出書時，我寫的東西就很平淺，文青們覺得我不夠高明；作品暢銷之後，又被文青們視為是寫作致富，罪該萬死。所以事實上，除了幾位當時和我一起出道的朋友之外，我並沒有和太多的偉大作家朋友來往。避開同行，比較安全。

我顯然並沒有太愛參加同行聊天，也不加入作家聯誼會。

避開同行比較安全這件事，我還滿認真執行的。在影劇圈二十年，每個人都認識，但並沒有成為「生活上的朋友」，因為我不打麻將，對沒有主題的聊天和八卦興趣缺缺，不是真的很需要「無話不談」的朋友（寫作者的好處就是可以直接把想說的話用各種方式寫出來，真的不需要用嘴一直聊。）

我會去念商學院是因為欠缺。四十歲的時候我踏入台大EMBA，正因看到自己理財能力和概念的不足。我本來想去學理財的。僥倖考上之後，我才發現那是我對商學院的誤解，商學院其實並不教你江湖理財致富的要訣！它頂多能夠教你看懂財務報表和管理企業！

我第一次讀商學院時，根本沒有真正的企業需要管理，而且連對商學、財報和會計的基本知識都沒有！我當初選法律系其中的原因就是可以不要算帳和修什麼微積分呀。

我其實很喜歡商學院的課程以及商學院的同學。有人是去擴展人脈的，但當時我又不做生意，所以這並不是我的目的。但商學院的確讓我認識了很多比較真實的人。這是一個商戰時代，從事商業行為並且能夠用自己的才智來獲取資源的，無疑是這世界上真正有行動力，也真正睿智的人。

可惜我們從小不知不覺的被灌輸著反商情結。可能在百年以前，華人世界看到的商人都是在路邊擺攤營生的小販。我念書的時候也從來沒有想過有一天會開始做起生意，變成一個商人。當時我只知好好讀書就不用「汲汲營營」於生計，不用看天吃飯，或看人臉色過日子。

然而，我現在認為，如果要給我一個定位，我是個商人。比在我的頭銜上面加上什麼作家，主持人，藝人，我都舒服些。（馬雲說企業家：一，企業家做事必須要有結果，沒結果就沒明天沒未來。二，企業家講效率：別人做一件事只要十元，你做要二十元；人家三天，你要五天，你就沒機會。三，企業家經營追求公平，無法強迫人交易，這就是公平！我不敢自稱企業家，公司小，只能稱商人。）

一個商人，就是一個用自己的資源與全世界在進行交換的人。資源，可以是有形的，也可以是無形的；當我是個作者，我用文字和這世界進行資源交換，換來我的讀者的閱讀和稿費；當我是個演藝人員或主持人，我用我的聲音、表演、娛樂指數和外貌，換來你的開心時光或讓你不無聊；用你我都欣然接受的方式交換資源。

**商人之道其實是現代社會每個人都要有自己的資源和行銷能力，堂堂正正的活著。商人不掠奪資源。不掠奪，只交換，活得平實又心安的商人之道。**

有趣的是，我們往往以那些掠奪資源者為崇高，如古代的皇帝，如為了石油興起戰爭的領袖……。

## 商人之道，於孤獨中判斷出價值

讓我們來看一看為日本萬元鈔上提供頭像的知名商人福澤諭吉怎麼說吧。

商人是孤獨的，因為孤獨才有價值，他所面對的都是自己的競爭者。

農民希望的是安定：而商人要以不安定而高興，因為不安定乃獲利之源。

商人一定要期盼冒險，並盼望危險不斷發生，但不要踏進危險的漩渦裡。

商人靠利息而活，所以不能過著隱居的生活。

農人要為恒久的土地而高興，因為他們必須深耕大地。

商人像水中浮萍一樣，到處漂流吸取養分。居住過的地方就是他的故鄉，他的墳墓也可能是世界上的每一個角落。過石頭做的橋，也要邊走邊敲，看它穩不穩。

用心的走別人開的道路，是女人，老人和小孩的事。我腳踏的地方就是路。

所謂別人的路，並不是自己的路，這才是商人之道。

——福澤諭吉

多麼壯闊的宣言。

商人之道，是一條有趣的道路，也是一條冒險的道路。雖然我屬於福澤諭吉口中的女人，老人與小孩（也就是老弱婦孺），但是我喜歡這條商人之道。

我剛進入台大EMBA時，剛上課很是吃力，因為除了看過幾本企管的大眾書籍之外，我沒有讀過任何商業科目，也未修過任何會計或財務的學分，連基本概念都不知道。老師在講課時常用一些大家都知道的簡稱，比如CRM，

SOP，HR，B2B ，B2C……我連這幾個最簡單的字代表什麼都不知道，問旁邊的同學，同學們都在竊笑，心想，這個人到底是來幹嘛的？

「就是不知道才要學呀！」我並沒有覺得太不好意思。

有一次老師在上頭講到麥當勞的 BUSINESS MODEL，我問坐在旁邊的學長，什麼叫做 BUSINESS MODEL？他竟然笑到椅子都倒了。這也太誇張了。

BUSINESS MODEL 就是 BUSINESS MODEL 呀！他上氣不接下氣的說。

可是……任何字詞都該有構成要件和解釋吧？你不能到了商學院還告訴我：憑感覺，憑直覺，BUSINESS MODEL……就是，you konw？see？well？這麼籠統。

我花了滿大力氣，每一次只要是必須運算的考試，我都如臨大敵。有的同學根本就是會計師，一大堆數字和報表，他們看一秒鐘就知道問題出在哪裡，但連基本會計也沒學過的我，要抱佛腳死背好多公式，算得滿頭大汗。

裡面當然也有不用算的，比如管理心理學或組織行為學，或者只需要邏輯加理解力的談判和供應鍊管理之類。我發現我最感興趣的，竟然是國際金融實務以及宏觀經濟學，曾經在金融業和證券業工作的同學教我的，不會比教授教的少。

這些對於實務和大眾心理學的了解，也使我在後來的理財操作上避開了金融海嘯。事實上法律系講求合理規則的精神，用在理財的操作上也很實用，這使我能夠很堅持的避開像雷曼債那種大家都說沒問題，但我覺得一點也不合理的產品。

## 商人的智慧，也是生活的智慧

如果我沒有研究過，或者簡單計算過，我不會購買任何專家推薦的股票和產品。

事實上，我也明白，許多在電視上侃侃而談的理財專家或股票專家，因為收受利益所以才肯積極宣揚某個產業或公司，也常因為太相信自己的內線或融資槓桿過高而讓自己的財務狀況陷於險境。

高買低賣，逢低佈局，誰不會說？他們的準頭只怕比命理師還差。

歷史上唯一可以用績效來證明自己「絕大多數是對的」，大概只有巴菲特一個人了。五十年來他的確創造了每年百分之二十的投報率，複利效果非常驚人。

我的同學們來自四面八方，有工程師，醫師律師會計師，有外商高階經理人，也有許多白手起家的創業者，他們花了幾十年從赤貧走到上市，用他們的人生經歷教了我許多事情。

我發問，我觀察，我主動要求協助。

我求知，且收穫得比想像中要多。

我竟然是在四十歲以後才漸漸學得一些商人的智慧，也是生活的智慧：

**一，要有度量**——顧客批評你，就算未必有理，你必須胸懷大度。

**二，要有應變能力，要會解決問題**——問題會一直來一直來，時代在劇烈轉移，不要期待人活著會有沒有問題的一天。

**三，不要怕被拒絕**——臉皮太薄，自尊太厚，絕對做不了事，還會自找麻煩！

**四，要大方**——會計帳上，小錢當然也要算得很清楚；正規費用，收受要很有原則，該給人的一定要給人。但是只會省錢的小氣鬼做不了大生意。

**五，世界上往往沒有最適決策，只有最佳決策。**

**一個堅持「一定如此」的人往往卡在某一個地方，讓自己動彈不得，或把自己的處境弄得很僵。我必須權量輕重，找到一個可以一直往前走的方式，做生意，對事對人，都是。**

不知不覺中，我身上那個隱形但沉重的厚烏龜殼，重量減輕了許多。

我放下了很多以前的我。

在念完商學院後我也在同學的協助下開始我的餐廳和民宿的生意（呵，我目前已發誓不再涉足服務業或特許行業），以及在國外房地產管理公司的投資，也入股了一些同學的企業，半是運氣，半是找對人，入股的公司在幾年後都獲利了結。

為什麼半是幸運呢？事實上，根據有人對ＥＭＢＡ的統計，同學們畢業後合股生意，損失的比率不只七成。

為什麼獲利了結？因為，現在的平台轉移很快，不要期待有什麼百年公司。比如說，當時我投資網路某基金代理平台，曾是業界第一家，第一家應該算是「藍海策略」吧，但過不了幾年已經變成紅海，而且還是一片血海。「去中間化」是互聯網時代鐵錚錚的挑戰，現在根本不需要基金代理公司，每個合法平台皆可以銷售，利潤已十分微薄。一家公司若發現自己未來發展有限，能夠接受購併，是大幸，硬撐下去不會有什麼好結果。

不過，找對人也很重要，我願意投資的原則是：不管案子多麼動人，我要找的是「很怕朋友賠錢」的那種人。我只投資這樣的人。到目前為止，還沒有錯過。

在這裡簡單提一下餐廳創業經。我常常遇到朋友們跟我說：「你眼光好，知道那裡會有發展……。」我常哭笑不得。

雖然遭遇了很多問題，的確，餐廳生意在前五年非常好，可是地方當權者一看生意好就暗暗出招，「變化一直來，一直來」。這兩三年來狀況就不是那麼美妙了，所有的服務業負擔都提高了兩成以上，還有觀光客不再出現，退休公教人員也因為退休金刪減而不再常常出來旅行……各種原因，許多當時生意比我們更紅火的餐廳也都倒了。

而原先因為地方政府鼓勵觀光而成立的民宿，因為某年地方政府忽然宣佈加稅，土地稅增加五倍左右，營業稅增加十五倍，房屋稅竟然可以在一年間增加二十倍，更不用提工資往上增加，加上團購網上不得不的削價競爭，旅客稀少……經營民宿的淨利完全不夠付稅，幸好幾年前已減量經營。

本來台灣東海岸就是天災頻仍，但天災不可怕，人禍才難防。

商人之道，艱辛之路。福澤諭吉要我們「過石頭做的橋，也要邊走邊敲，看它穩不穩」，的確有道理。看來再堅固的東西，的確都有可能崩落的。

危險之所在，獲利之源，商人之道從不平坦，但充滿挑戰。

## 人生想轉彎，就去念書吧！

從台大商學院畢業後十年，我又報考了上海的中歐工商管理學院。

外在，我明白經濟情勢已逆轉。

內在，我已經厭煩了我不斷重複的娛樂圈工作。

廣告老早被網路瓜分了，在缺乏資金之下，電視台沒有任何人想把節目做好。一個小小的棚，幾部機器，老舊佈景，靠著主持人和來賓呱呱呱的坐著聊天「順錄」，一天錄完一週最省錢。台灣主持人做的其實都是「直播」，為了省，播出幾乎等於不剪片。

當時做到了全台收視率第一的節目，每集製作費不到台幣十萬元。有位製作人曾笑說：「一件武則天穿的戲服，應該夠我們做上一個月。而人家出一集外景節目花的錢，我們可以做三年！」

為了要爭取收視率，談的都是八卦流言，不惜拆散別人家庭，也不惜毀人名譽。

我其實早該離開這樣的環境。

夕陽餘暉早已不是無限好，我其實應該更早看出來的。只因當時仍在順境之中，節目還一直雄據在排行榜上，我遲遲才看見夜色漸深。

二十年，做著主持工作，我本來預期，沒有麥克風我會不習慣，事實上這兩年來，我過得很好，而當時居高不下的血壓，如今也不再那麼驚人。我為我的血壓做過檢查，醫師說我並沒有什麼明顯問題，斷定我是心因性的。如今證明他是對的。

不想做，又不想走，把自己擺在不舒服的環境下撐著，血壓不高也難。它是我的警鈴，只是我一直忽略它的提醒。

到上海念書半年後，我正式離開電視圈。仍然在台灣主持一個廣播節目。一週五天做廣播，我快樂多了。廣播不必那麼炒話題，不必在乎每分鐘收視率，聽眾也比較願意收聽知性節目。

中歐入學考試很難，七個取一個。我花了一些時間重讀邏輯學，還有高中數學。那一陣子，有幾個台大同學一直被我煩，尤其是當醫師的，他們是聯考常勝軍，肯定數學很不錯。

「你確定要考這個嗎？真的很難……我都快忘了……。」連他們都這麼說。

當年的台大EMBA入學考也考了數學（現在已經取消，改由書審），但那時的數學考的應該只有國三程度吧，中歐考的根本就是高三程度！為了算那些數學題，我的頭髮白了不少。

我考上的時候，最高興的，除了我，應該都是被我煩過的有功同學。

然後，我繼續學我的「商人之道」，這一次和上一次大不相同。這十年間，我已經有了不少投資經驗，也經營過公司，還逃過了金融大海嘯。如果說第一個EMBA是我的啟蒙，第二個EMBA，更讓我長大。

上海兩年的學費高達七十多萬人民幣，還不包括往來交通住宿和雜費支出，我的估算加起來就是一百二十萬人民幣吧。

商學院不怕談錢，任何東西不是有價格就是有價值。

寫這篇文章時我剛好畢了業，我必須鄭重的說，它的價值，絕對高於我付出的所有價格。

同學們來自北大，復旦，交大，還有哈佛，史丹佛……還有奧林匹亞數學冠軍，我的天資大概只是平均值，但年齡相較已經是超高值。兩年後，我還是以前幾名成績畢業，但那不重要，重要的是知識修鍊，個人的成長，還多了好多相知相助的兄弟姐妹……。

學習，挑燈夜讀，是我的春江花月夜。
就算畢業，我一定還會去念些什麼。
我一點也不想被中年人的勸告大隊帶走！別拉我，你們自己走吧！

# 15 相信時間的力量

從來沒有人是天生天才，而成功需要一萬個小時。

成功的要素是什麼？暢銷作家麥爾坎．葛拉威爾（Malcolm Gladwell）寫了一本書探討成功關鍵因素的書《*Outliers*》，中文譯為《異數》。認為子女成不成材父母有責的人，都應該讀一讀它。

它的主要論點很有趣：成功需要一萬個小時。

固然自小有人天資特別聰穎，但這些特別聰明的人，未必將來就會出人頭地。曾有一位專家特曼（Lewis Terman），挑選了智商特別高的天才兒童，追蹤他們日後的成就，發現大部分只是中上而已，並沒有任何人變成全國知名的響叮噹人物。相反的，因為智商不到特曼要求，而被特曼淘汰的小學生中，還有兩位是諾貝爾物理獎的得主。

絕頂聰明並沒有用，葛拉威爾認為，重點在於「生在對的家庭、對的時代」，還有，攀上任何行業的世界顛峰，至少需要一萬個小時的練習。

就以音樂神童莫札特來說吧，如果他的爸爸不是音樂家，他從小就不會耳濡目染學會彈琴和作曲。有個分析指出，雖然有個傳說：莫札特六歲就會寫曲，但他早期的作品，大多是改編既有的樂曲而成的，並沒有什麼驚人之處，可能還經過他父親的修飾。等他寫出最膾炙人口的第九號鋼琴協奏曲時，其實已經是二十一歲了，離他開始寫曲子，已經有十多年的時間。

作者說，即使許多小孩從小學琴，如果到二十歲想要成為鋼琴家，至少要練一萬個小時，每週至少要練三十小時，如果練琴時間累計四千多小時，只能當音樂老師。

葛拉威爾再分析許多作曲家、籃球高手、作家、溜冰選手、棋士、甚至是犯罪高手，他都發現，沒有一萬個小時不足以成其「優秀」。也就是說，如果每天練習不輟，從事同一項活動達三個小時之久，至少也要十年的苦練才能讓一個人登峰造極。

至於當今領導全世界的電腦天才，葛拉威爾也都發現，那是「生逢時」和「久練習」的結果。目前電腦業的泰斗如比爾蓋茲、賈伯斯、比爾．喬伊（Bill Joy）等，都是一九五五年前後出生的電腦狂，在他們的生長環境裡，恰巧有些因緣，使他們得以日以繼夜的和當時相當稀有的大型電腦設備面對面，所以才能夠搭上浪潮扶搖直上。

就算被認為或自認為有天分，優秀的文學天才也至少經過一萬個小時的努力。否則他只能變成「一書作者」。以村上春樹來說，他一向躲避媒體追蹤，為了新小說的出版，勉強接受記者訪問，他曾談過自己寫作某本新書的過程，以為作家依靠靈感或才氣完成作品的讀者，聽了必然十分意外。他說，這本書足足寫了半年，一天也沒放假，每天早上四點起床，寫到九點，至少會寫五個小時，也還得寫滿十張四百字的稿紙才停筆。為了有強壯的意志力和健康的身體可以寫作，他養成每天慢跑個幾個小時的習慣。

你一定會想：這簡直像在日日行軍嘛。

其實，村上春樹並不是特殊的案例。

有位屢屢得到國際藝術大賞的法國繪本藝術家斐德里克・柯雷孟（Frederic Clement）來台，接受訪問時也說，他每天早上五點就起來畫圖，十點就得上床睡覺，像是在做苦工，完全沒有一般法國人的浪漫社交生活。自開始寫與畫以來，幾十年從未間斷。

有些創作者的生活則苦力到讓一般人難以想像的地步。有一位著名的希臘裔作曲家柯羅斯（Yiannis Kouro），還是世界一千公里馬拉松紀錄的保持人，他也曾來台參加比賽，對記者說，挑戰馬拉松的意志就是他創作音樂的原動力，跑步時，下一首曲子的靈感就會跑進心裡來。他在學習音樂創作的那七年時間，每早先去路跑五小時，訓練自己的意志力，那時，當學生的他每天只睡一個半小時！想起那段艱苦的日子，他自己又感動又感慨。

雖然，創作並不是只需懸樑刺股的努力，總要有才華做基底。但在看過許多藝術家或作家傳記後，我大略可以完成一個有趣的歸納：成功且長命的藝術創作者多半過著規律而自制的生活，不成功或短命的藝術家則多半活得酒色無度、荒誕不羈。

**才氣和靈感都像一頂很重的轎子，沒有引擎也沒有輪子，不管有多炫麗，總要有些「苦力」來抬轎，才能走遠路。**

「煮豆燃豆萁，豆在釜中泣，本是同根生，相煎何太急！」聽過三國時代才子曹植七步成詩故事，都會羨慕他的靈感與天才。沒錯，他是很有才華，我們可曾想過：在做那首短詩之前，他還寫過多少詩，又讀過多少詩書？他下的苦力，不只在那「七步」而已。

你以為別人是天才，是父母生得好，其實你沒有看見別人的努力。

話說回來，我認為：如果沒有一點興趣，大概也累計不了一萬個小時，如果在剛開始發展一項才能時，沒感覺到自己比同輩的人稍微行一點，也不會有繼續鑽研的興趣。一萬個小時的努力都不是父母可以監督得來的，父母只能提供良好環境，願不願意造化，是否能花一萬小時打通任督二脈，到底還是要靠自己！

我在寫作上至少花了兩萬個小時，很汗顏的，並沒有什麼大成就。就是很有興趣，不寫會死。它已經成為我人生的最佳陪伴，也是長期特效藥。

人生有限，其實我並沒有其他足夠的一萬個小時去完成另外一個主要的專業項目。

**我有個理論叫做「一百個小時」登堂入室！**

**一百個小時，不用過度努力，只要按著節奏不懈怠，你就可以漸漸登堂入室，就算不是專業，也勝於業餘。**

我開始在台大操場吃力的跑一百公尺時，也從不敢夢想有一天我會完成全馬！

只要你按著規定、計畫的節奏，把它放在心裡，儘量不要因為其他事情將它推卻或荒廢，那麼，你會到達的，而且一聽到它，你的眼神就會發光，熊熊自信燃起！

走出去，天空就開了，不斷的走出去，就有無窮的路！願意有耐心解決，人生就沒有永遠的問題，只要你命還在。

我曾經是個文青，但我真的發現，**一切，自我紀律最重要。那是遠方的鼓聲，引導我邁向更充實的自己。**

# 16就讓我用一杯咖啡，換一刻靈魂自由

在這裡，讓我由咖啡來寫人生的進化過程。

咖啡，不只是一種飲料，是一種人生。咖啡不苦，如果你投入咖啡；生活不苦，如果你投入生活。

出自於個人偏好，我一定要花時間來寫咖啡。如果有一種飲料，可以與我共譜人生的交響詩，那麼，一定是它。

我永遠記得那種我一時不能欣賞，卻也不能夠否認的味道。

我的第一杯咖啡，來自於獎賞。

十二歲，第一次月考，剛從台大外文系畢業回到東部小鎮任教的導師告訴我們，前五名的有禮物。體罰時代只知道考不好會挨打，從來不知道考得好會

有獎勵。被未知的獎品驅動是一種充滿希望的感覺。

禮物是什麼？在不流行送禮物的年代，這勾起了我的好奇。於是從來不曾在考試前努力讀書的我決定要努力一下。

被打賞的那一天來臨了。年輕的導師帶著我們到她家中，讓我們吃了蛋糕，然後端出一盤鑲金邊的杯子，倒下了褐色的神秘飲料。

幾個同學互看，不想拒絕，但充滿疑惑。

我只記得那淡淡的苦味，和感冒時被迫喝下的藥粉有些類似。老師說，那叫咖啡。

之前，我知道什麼叫做咖啡色，但並不知道什麼叫咖啡。

「為什麼有人沒病還會喜歡喝苦藥呢？」是我最初的疑惑。

雖然沒有覺得太美味，甚至感覺對一個孩子來說那是輕微的懲罰，我還是把那杯咖啡喝光了。

因為它是我的獎品啊。

老師看著皺眉頭的我說：「妳長大後會喜歡它的。」

老師對我很好。雖然我固執，好強，不太合群，上課也常情不自禁的把眼神飄向窗外。但是她始終耐心對待我，不認為我有什麼大問題。她借我好多書看，包括《小王子》、《紅樓夢》。讓一個並不喜歡在外頭玩的孩子在下課後多了一個美好生活的選項。

我用各種奇怪的方式想要引起老師注意，包括用各種我想得出來的新奇方式寫作文。她竟然都能夠欣賞。於是我更是變本加厲的討好她。

很多年後，我成為一個還算能夠把書賣得出去的作家時，我和已經打算移民國外的陳老師見了一次面。她對我說：「妳是我第一年教的學生，我那時候未婚，沒有家累，熱情十足，自以為可以春風化雨，我後來想想，如果不是第一年就遇見妳，我應該沒有那麼大的耐心，妳真是個不好應付的孩子呢……。」

呵呵，我真的從來不知道，我曾經給老師傷過這麼大的腦筋。

我一直非常感謝她，用一杯在當時很不尋常的飲料，激發了我對人生各種可能的想像力。

## 咖啡與愛情

最原始的咖啡樹，公認長在伊索匹亞高原上，這應該是經過中世紀文青美化過後的咖啡源流史：一位衣索匹亞的牧羊人，發現他的羊很愛吃一種紅色小果子，吃了之後還特別蹦蹦跳跳，牧羊人忍不住也嘗了這些果實，感覺興奮不已，於是向一位天主教修士吐露這個故事。會讓人沒緣故興奮的的東西，對修士來說，當然是惡魔的禮物了，於是恨恨的把這些紅色小果實丟進火裡，沒想到它竟然發出更加迷人的香氣。於是，按捺不住好奇的修士們將這些燒焦的果子蒐集起來，磨成了粉，加入水裡飲用，並且發現這種香味特殊但具有苦味的飲料，對於不眠不休的苦修與禱告很有幫助，於是，第一杯咖啡誕生了。

你可以選擇相信劇情曲折的浪漫傳說。比較樸實的說法是，曾經有一片咖啡林，發生了大火，而人們竟然發現著了火的樹林如此芬芳，於是採集了豆子製成飲品。

很久很久以前的人，一生雖短，但沒有我們那麼多事要做，活著常只是為了吃飽穿好，我相信具有神農氏嘗百草實驗精神的人並不是很少，而長日漫漫，如果能有一種飲料，可以瞬間提高精神興奮度的話，是多麼奢侈啊。那麼人們都將不辭辛苦的得到它。

人類歷史中那些拋頭顱灑熱血的征服故事，不都是為了掠奪某些我們想要卻非必要的東西嗎？掠奪，是為了脫離平淡或貧乏的生活。蒙古西征、十字軍東征，雖然說都有些政治軍事或宗教的野心，卻也為了他鄉異國稀有資源的取得，乳香、沒藥及各種香辛料，能讓駱駝商旅信心勃勃的穿越死亡沙漠，光是茶葉和絲綢與精製陶器，也能在背後鼓舞著帝國殖民主義。

這些人類「不一定需要就能活著」的奢侈品，往往躲在很多面堂皇的旗幟下，進行著一場又一場殺戮的悲劇。

再講講咖啡中的溫馨小歷史。荷蘭人比法國人更早開始種植咖啡，三百年前，荷蘭人把一株咖啡樹苗獻給法國政府。一位海軍艦長加布利耶為了將這株珍貴的小植物從法國平安運至加勒比海的馬提尼克島，這男人捨不得多喝水，細心的將船上配給的少量清水分給小樹苗，使它平安度過海上漫長的旅程，成為法國人的咖啡樹始祖。

十八世紀，咖啡對於非種植地而言，仍是一種極珍貴的商品。而人類基本上是熱愛閉關自守的，充滿疆界概念的：只有我有才珍貴，最好關門享受，不讓你們那麼輕易到手。

在南美的圭亞那開始種植咖啡的法國殖民地長官，把咖啡視為國寶，派重兵看守咖啡園，深怕任何一顆活著的豆子給外國人弄走了。

但是只要是禁忌，就會有人想突破。接下來你要聽到的是一個「疑似」結合愛情與商戰的故事。一七二七年，有一位英俊又聰明（或奸詐）的葡萄牙人法蘭西斯科來到了南美的法屬圭亞那當仲裁官，他的目的其實是想趁機偷走一些咖啡種子。美男子總知道自己的魅力可以換得什麼。他特意邂逅了圭亞那殖民地長官的妻子，在你儂我儂時向夫人透露了他的心願，在他啟程返家當天，長官夫人送給他一大束鮮花，花朵中夾雜了鮮豔新鮮的咖啡果實。他將這些果實栽種在巴西的帕拉伊巴高原，成為日後巴西千百萬咖啡樹的始祖。

我曾經寫過一篇文章，愛情如咖啡，當時我不真懂咖啡，只是因為工作繁忙，對咖啡因十分依賴。

**咖啡如情人。**

情人的品種與環境是重要的。如果他或她的家庭環境還不錯，父母有教養，他也還很有家教，跟他談戀愛，就算沒有結果，也不會是個慘痛回憶。品種太糟、環境太惡劣（比如暴力狂、情緒起伏失控、酗酒嗑藥狂賭、一家子都口出惡言）的情人，任你是千手觀音，你也無法將它煮成好咖啡。

咖啡如愛情。愛情在正好新鮮時，都不容易出問題，凡事包容、忍耐、盼望，你想要求對方什麼，在剛剛談戀愛時，總是比較容易。然而，它的芬芳，是會逐日消淡的。

咖啡來自核果，不管你用何種方法，都不會永久保鮮。

**烘焙愛情的技術最難學。太生，愛情沒有香味。太熟，又滿是苦味。**

煮咖啡是技術。個人口味不同，有人喜歡苦一點，有人喜歡淡一些。有人要加大量牛奶，有人不加糖，誰也勉強不了誰。

又，談戀愛如喝咖啡，磨豆子時最香——愛在曖昧不明時最夢幻；煮咖啡時最能勾起欲望，如同熱戀時總是充滿想像，而第一口最令人滿足——此後邊際效益漸失，留在杯底的那一口冷咖啡最蒼涼……。

## 一杯咖啡，可以讓我在焦躁中靜心

我後來發現冷去的那一口也可以不蒼涼、依然美味，那是選豆與烘焙的問題。

三十歲之後我體認到一件事，那就是，如果你真的想要輕鬆自由點的人生，那麼你就不要把自己往單一區塊定位，否則必然執著的鑽牛角尖、爭排名愛比較、然後只能自己親手把自己送進一個死胡同裡。所以，我決定每年學一個新把戲。

不是每個新把戲，我都真的有興趣，但是，不試試看怎麼知道？況且，所謂的興趣，除了誰都猜不準到底占多少比例天賦之外，如果沒有花時間讓自己從熟練中取得成就感，不可能判斷自己到底有沒有興趣？去考個證照表示對得起學費，也是個還不錯的學習評量結果。

我是個還滿喜歡考試的人（不然何以證明你學得不錯？）。這種偏好，的確有些變態，應該跟我不得不是個升學主義產物有關。

反正沒考上也不會怎麼呀。那些怕考試的人通常怕考差，沒有面子，其實你只要克服這一點，考試還滿可愛的。小時候考試都有眾目睽睽在看著你的名次，長大之後，你去偷偷考什麼試，沒考上就默默不說就可以了。

我對飲料天生挑剔。我不喝任何化學飲料，總能喝出裡面的「化工味」（原諒我這麼說），對我來說那些人工果汁和跑馬拉松時「不得不」補充一點的化學飲料差不多。

那些不需要咀嚼的汁液，對我的味覺有一種赤裸裸的挑戰感。但是在當主持人時或者年輕時為了應付稿債，一天常常要錄影超過十個小時，為了提神，我的確喝過不少便利店就可以買到的咖啡，一邊覺得實在難以入口，但是又「不得不」。

我說了好多個「不得不」了吧，**想想人生之所以必須有些提升，就是想要減少一些「不得不……」。老是說「不得不」的人生，好像動不動在對自己哈**

**腰道歉似的，感覺不好。**

在念完第一個EMBA之後，有好長一段時間，我沉溺於各種關於飲料的考試。考完英國的WSET各種品酒執照後，我又打算考英國的吧台咖啡師執照（英國真是一個把各種閒暇事情發展成考試生意模式的傑出國家）。

通過筆試對我說不是難過的關，書念完就會填。

但是，十六分鐘之內，要做出七種飲料：包括奶昔、手沖咖啡、可可亞、紅茶、拉花拿鐵、卡布奇諾、義式咖啡等，對我這種手腦不協調的人來說，並非易事。我曾經為了要弄一杯有愛心的拿鐵，浪費掉一百杯咖啡才成功，考試那天運氣不差，神來一倒竟然還算完美，不然……。

真正接觸專業的咖啡業者後，我發現了：為何咖啡是廣告業最喜歡的商品？因為味覺很難具體評級。在東方新興市場，咖啡是新來的飲料，廣告辭寫得美，畫面拍得浪漫，意境弄得優雅，也許那個罐裝咖啡並不來自巴黎，內容物也可能只有咖啡萃取物（就是化學香料），也能暢銷百萬瓶。至於坊間咖啡店，一杯咖啡賣得比一隻北京烤鴨貴，號稱貓鼬排泄物咖啡的，賣的也是天花亂墜的動人故事，彷若國王的新衣，讓聽覺與視覺欺騙了我們的味覺，只因為我們對咖啡的品味還在盤古開天似的渾沌之中。

什麼才是好咖啡？好豆子本來就要好價錢，但是價錢也不可靠，品嘗咖啡是一種靜心活動，你要相信你的舌和心，會讓你皺眉，或一杯就讓你難受心悸，或冷去後就難以下口的，不是好咖啡。高山上的阿拉比卡豆當然是好的，但市面上魚目混珠者更多。冠個名山，虛有其表者處處都是。

後來我又進修了咖啡烘焙課程，使我成為咖啡烘焙者。我其實很喜歡製造業，製造一點什麼，不要逗留在「百無一用是書生」的虛無中。

法國有句名言說，我不在咖啡館，就在去咖啡館的路上。

當我開始為自己烘焙咖啡之後，我不在咖啡館，也不在去咖啡館的路上了。我用工作室的直火或半直火機器烘焙咖啡，試豆子。喝咖啡對我來說不是找人閒聊的藉口，它簡單的蛻化成了一個身心安頓的好方式。

我不喜歡深焙，再好的豆子若變成「炭燒」，自我風味就失去了。

手沖咖啡中熱門的耶加雪菲有好些種，我喜歡那淡淡的果酸，就算只有片刻，那喝咖啡時暫時喘口氣或閉目品嘗的瞬間也能平撫許多憂煩；而總是拿冠軍的藝妓豆，口感層次豐富，香氣在唇齒不散，烘焙時必須細心照顧，專心不二。

烘焙咖啡和喝咖啡對我不只是飲料，是人生中美好的休憩時間，不管多短，都可以讓心靜下來。

靜下來。

它帶來的不是咖啡因的興奮感，而是輕聲的提醒：不管世事如何紛擾，且讓專注力回到自身生活上，畢竟，**這世上只有你，能夠讓自己活得心裡清明舒適。不管我在做什麼，就讓我用一杯咖啡，換一刻靈魂自由。這很划算。**

**咖啡不苦，如果你投入咖啡；生活不苦，如果你投入生活。**

卷四

# 中年後的你是否還擁有一張快樂的臉？

對過去的恐懼，遲鈍點好；
對未來的改變，敏感點好；
一個中年人，如果他看起來還快樂，
那是因為他的眼中還有光，還在追求著什麼。
神采奕奕，因為心裡還燃著希望。
即使那個希望，只是小小的火花與燭光。

# 17 不該憂煩的，你拼命計較；該在意的，你竟不珍惜？

中年後的你是否還擁有一張快樂的臉？

這幾年，開了好些場同學會。

過了愛情困擾期、育兒勞頓期和生活掙扎期後，人似乎更能明白「曾經相逢就是緣」這個道理。同學少年都不賤，都是本地明星學校的佼佼者，也都曾經是各自父母光耀門楣的希望，到了中年，有的事業有成仍在奮鬥路上，有的安居樂業也面臨退休，各自走過了浮生千山路……。

在我看來，中年人的臉，可分：快樂的臉，不快樂的臉。一半一半。

快不快樂藏不了，可以被人直覺敏銳的嗅出來。人的心境，像是隱藏在臉龐上的某種符號，不管他想要隱藏遮掩些什麼，都藏不住。不快樂，連笑都苦。

擁有快樂的臉的，未必是際遇好的。

擁有不快樂的臉的，未必是最操勞的，也不是經濟狀況最差的。

有虔誠宗教信仰的、有豐足退休俸祿、有安穩家庭、妻賢子孝、兒女上頂尖名校的……未必有快樂的臉。相反的，有的人還常常一嘴國仇家恨、動不動埋怨，又看誰誰誰不順眼。

如果你活著的目的是在找敵人而不是在找朋友，那麼，你怎麼可能發自內心快樂？我曾在同學群組裡常看到信仰某宗教或政黨相當虔誠的同學，動不動就把別人不一樣的信仰當成假想敵，挑釁一番，大家雖然沒有表面上反抗，但只要他一發聲，眾人皆寂然。

很多人誤以為「只要下半輩子有保障，就會快樂」，然而那些領著鐵飯碗薪水，退休彷彿受到公家保障的人，不少人還真的很會為小事小利憂愁。

## 兩種人有著快樂臉的人

在我看來，有快樂臉的人，只有兩種：第一種，還在持續運動以保身心健康。第二種，還在學習的路上。

一個身體還能自由活動的人，心情才可能舒爽。自律性的保持運動習慣，表示身體沒什麼太大毛病，他還注重著自己的體態，希望活出一種姿態。

而一個還在學習的人，至少還企圖讓自己活得很有趣，感覺世界上還有很多新鮮事可以探尋，還謙卑知道自己不足，還想再過得更充實。過了中年，幾乎不必再為「謀生」學習技能，只要為「開心」學習某種藝術、技術或專長，也許他只是沒有目的東學西學，但講起他想學的或新學的，總是喜上眉梢。

中年後還能快樂活著的答案，其實很簡單。

**一個中年人，如果他看起來還快樂，那是因為他的眼中還有光，還在追求著什麼。神采奕奕，因為心裡還燃著希望。即使那個希望，只是小小的火花與燭光。**

是希望，不是盼望。

所謂盼望，是索求別人給他什麼，命運回報他什麼，期待能獲得所謂公平與正義或圓滿……把滿足寄託在自己其實不能主宰的事情上。

如果中年後你還想有張快樂的臉，那麼，請你把目光從外在移入內心。

我們先來悲觀的計算一下。你到底還有多少時日？

我們用七十五歲減去自己的年齡，再乘以三分之二，那是你可以清醒及可以自由活動的時間。

為什麼是七十五？我們平均年齡不是都到快八十了嗎？別計較這些，因為以台灣人來說，躺在床上到離開，平均竟然有七年。

那不能自主的七八年，如果我們腦袋還算清楚的話，受的苦應該足以把人生擁有的快樂擊沉。真是不敢設想。然而，那卻是鐵錚錚的「平均」事實。

我祖母高壽，九十八歲走的，但她從八十五歲躺在床上之後，過的是日日呻吟的生活，健康檢查一切沒問題，但是神智漸失，人越來越佝僂，到最後連自己哪裡痛，都說不出來，想來實在讓人痛心。

照上面那個算式，我清醒的時間應該不超過十三年。你算一下吧，鐵定像個自以為富有的皇帝，一查帳才發現國庫空虛。我們的時光早已被偷偷蝕去。

更慘的是，你還可以計算一下，和你最愛的家人或兒女，你還能相聚多久。

以五十歲為例。現代人都忙，如果你每天能夠和家人相聚（眼對眼，而不是各自對手機）一小時，那麼你就把七十五歲減去你的年齡，再乘以三分之二，再乘以三百六十五天，乘以一小時，除以二十四（一天），答案是不到三百天！而且這三百天，還算得太多了，是「全部家人」的總和……。

$$(75\text{-}50) \times \frac{2}{3} \times 365 \times 1 \div 24 = 253.47$$

事實上，大部分的人，尤其是忙碌的父親，每天平均和孩子相聚恐怕只有十五分鐘，只看到孩子的後腦勺。

那麼你只能乘以零點二五。

乘出來，多麼可怕的數字，我們跟歷史上已經離開的古人一樣，總自以為，還有許多日子。

事實上，你和孩子相聚的時間還沒那麼多，因為他們越長越大，結婚成家之後，很可能過年過節才看見他們一次，而且來去匆匆。

呵，時間那麼少，你還挑剔他們什麼？還不好好讓他們對你有好印象？你嘴裡叨叨念著「我這是為你好」，關心著未來，卻忽略了現在。

和所愛的人相聚的時光，何其的短，何其的寶貴！怎能不且行且珍惜？

**不該急的，妳急了，該急的，妳卻不急！**

我們常常不假思索的「畫錯重點」，又一意沉迷。

談談女人吧。女人，當妳「不太年輕」後，妳該急什麼？

我發現，社會比較原始的時候，對女人「年輕」的定義嚴格得多。民初，到二十歲沒嫁出去，肯定是個老小姐。才女兼美女林徽音在二十四歲嫁給梁思成時，在此時算是「還早」，但在當時已屬大齡晚婚女性。

越文明，越晚婚嫁，成為世界共同傾向。對人口紅利來說不是好事，但對於女人來說，不是壞事，一來，它讓「鬧鐘」晚點響起，讓女人不用太急著應付生殖期種種責任。二來，女人在所謂年華老去後，還有青春之外的價值。

當然，「不太年輕」的壓力不少。我在上海讀ＥＭＢＡ時，發現這些優秀男人娶的都是大學時代的女朋友！也就是說，在中國，女性如果沒有在大學時期趕快抓緊優秀男人，一出社會常會面臨「親愛的，別人的」窘境。他，不是已經結婚，就是已經有了不可背叛的穩固女友！

當然，中年後重組家庭也是有可愛的。時代一直在變，我們誰能不變？有時候，第一個選擇未必最好。用旁觀者的角度來看，那些被重組的家庭，其實都有它不得不變的原因。無心也無意，留著也無益。

女性在面對青春逐漸消失時，的確有惶恐。但是惶恐歸惶恐，怕死了也沒用。

除了自我提高對年齡壓力的忍耐度，消除自己的焦慮感之外，並沒有別的方法。

外表上，妳可以儘量保持年輕，但是事實上，四五歲大的小孩一看到妳，就可以分辨妳是「姐姐」還是「阿姨」還是「奶奶」，我們也不必自己一直騙自己。我們可以維持「適當好看」，但很難在不太年輕之後還偽裝自己如新摘草莓那樣鮮豔欲滴。

當個女人，其實不必怕自己老了，因為老是一定會老的，應該要怕的是自己活得「皮」了，或「疲了」。皮到只想窩在小世界，疲到完全不打理自己，把吃喝拉撒睡就當成人生的第一志願。

沒有活力的男人和女人都非常可怕。旁邊的人都有陽氣被她吸光的感覺。如果妳都不認為自己活得很有意思，那為什麼別人要一輩子來愛妳？

那麼，「不太年輕」的女性，應該要為自己做些什麼，以確保自己還在「活力」狀態？

### 一，除了找到對象外，妳的人生一定要有自己的TA（目標）！

妳是否有夢想未完成？特別是那些一旦妳現在不去嘗試，到老了妳就會更沒勇氣去做的事？別再找理由了，就很多技能與專長而言，妳在三十歲前沒有變成專業人士，日後妳再厲害也只能混個「業餘」。

在我看來，不少女人在進入家庭生兒育女之後，若還能開拓新天地，通常有幾個因素：一，雙方家庭經濟狀況佳，她又有本領可當家庭掌舵手。二是她自己企圖心和成功欲望也強，本身也有專長。三是家門不幸，沒遇著好對象，或被拖欠了一身債，為了養孩子和活下去只好出來打拼，破釜沉舟，才發現靠自己最穩當。

**二，妳要發現一種興趣和專長，讓妳感覺到喜樂，是謂「心流」（心理學家所說的 Flow）。**

妳可否找到一種只要妳想做它，就算沒有報酬妳也能樂在其中，為之廢寢忘餐的東西？如果有，妳的人生路再難也會找到光。就算沒有別人給妳幸福，妳也會自己找到妳的幸福。

**女人要的幸福絕對不是只能狹窄限制在愛情上或安穩婚姻上。**

一世安穩守護，是女人年輕時的渴望。但狀況會變，人會變，有時在在不得已，只是我們既傻氣又可愛，以為在海誓山盟時可以用一個誓約綑綁所有可能。

執子之手，相看兩不厭當然有，但之中有多少風波，又豈須說給外人知？

**三，妳要懂得什麼是假的敵人和真的朋友。**前者妳不如對他寬容，後者必定要對他真誠。至於假的朋友與真的敵人，不必爭戰，越遠越好。

**四，妳要有理財的本事，有開源的能力。**相信此時妳已忘卻「上古時代」

要靠男人打獵回來才有肉吃的事兒，妳也該明白年紀越大越不可能有白馬王子來為妳斬斷荊棘，把妳吻醒，「天生註定會有人來愛妳」的欲望可以看看電影滿足一下，不要在現實中天荒地老的等待。

有個統計數字很值得參考：以日本高齡女性為例，不管她們婚姻狀況是否存續，只要她們有資產，就會自覺活得幸福（《在下流時代，也要做幸福老人》，山浦展著）。

**五，在這個男人多數不打算養女人，或就算有心養也未必養得好的時代，妳一定要有養活自己的技能，這個技能還不能被AI取代。**妳要懂得好好貯藏採集來的果實（這叫做理財），如果可以，請進一步要用這些成果來創業或創造一個一直有飯吃的未來。這個時代，男人已疲於奔命，妳不能像上一代女人一樣，信仰一個男人可以終生供給妳衣食無缺！她們這麼信仰著，但過得好的有幾人呢？而且妳，沒有她們那麼容易滿足！

## 妳最愛聊的往往是跟妳無關的事情嗎？

我有個奇妙的發現：**那些一直以沒時間推托很多有趣或有意思的事情的人，通常是活得最沒有成就感的人！**

女人的人生，往往花在根本與自己無關的事上。比如，一群女人的下午茶，講了幾個小時，聊的都是目前正流的的八卦。

「那個×××的事件，妳有什麼看法？」

在一個畫展中為好友站台，忽然間，一位曾經見過面的記者劈頭就問。

那個某某某，是社會新聞中被熱炒了幾天的一位女性，本來並不是什麼知名人物，在某個緋聞事件中受到注目了。當然，這個×××和我站台的這畫展一點關係也沒有。

來者是娛樂圈記者，她非常習慣問一些牛頭不對馬嘴的事情，老實說我還真怕看到她。怕的程度像侏儸紀公園遊客看到暴龍一樣。離開影劇圈，我最慶幸的事情之一，是可以不用忽然看到她，然後為了假裝自己情商高，還要刻意堆出一臉假笑。

最佳決策，是裝做不知道。「我不知道這件事。」我說。

我真服了這位記者，後來她居然還可以用「吳淡如竟然不知道這號人物」來做標題，我啞然失笑：看起來好像我不認識這位，就很膚淺，不配活在現代資訊社會似的。

我其實我好想反問她：「請問人為什麼一定要關心和評論自己無關的事件？」只因為這個人物占了幾天的版面？而她根本和社會利益和大我前途沒有關係？

在A的場子裡談BCD風馬牛不相及的問題，在媒體圈已變成理所當然。而媒體圈偏又領導著資訊圈，連法官與政府單位都還常靠媒體「辦案」……。而媒體只在乎能否譁眾取寵，根本不在乎是否有主題，或對大家有沒有意義！

我看見了所謂的「新資訊焦慮症」：太熱衷於吸收資訊，太常看臉書或LINE和微信群組的人，總會變成人云亦云，然後，離平靜越來越遠。

多虧通訊軟體發達，我們和老朋友們，不必一直處在「十年生死兩茫茫」

的模糊狀態。然而，也正因為妳隨時會「被連絡到」，就算妳一直很孤獨，各種消息也一定在妳耳旁喧囂。然後，無意識的被「其實並不關我們的事」搞得情緒憤怒，雞犬不寧。

後來也有一位向來愛家顧家的女性藝人婚姻出了問題，臉書的女性友人們有許多都發表了「我氣炸了」的憤怒言論。反倒是後來當事人睿智又平靜的出來說話，說自己會堅強而理性，她明白，如果想要把負面事件的副作用在人生中降到最低，就不能夠隨媒體起舞，不能動不動出來拉仇恨，宣洩憤怒或攻擊……。果然，離婚後她反而過得更好。

現代女性常常把時間花在談論「跟自己無關的事情」，或者在煩惱「其實妳煩死了也沒有用的事情」上。

那就是在咀嚼資訊的糟粕，而忘了把最重要的時間和美妙的心情拿來釀智慧的酒。

帶著傳統的腦袋而活在資訊時代的女人，什麼都關心，就是常忘了關心自己，任由帶著情緒的是非把自己弄得像怒濤裡的一葉浮舟。

人生真的很有限，如果把這些完全無關的事情，都當成自己的事情，那麼誰真的會做好時間管理呢？

**千萬別任由美好人生，硬生生被各種資訊垃圾塞滿。先想想，關不關妳的事？再決定要不要為此而情緒起伏！**

如果妳好好運用時間，妳會發現人生非常美好。把時間用錯地方的人，會一步一步踏向沒有光的所在。

# 18 好朋友使你眼界開闊，壞朋友讓你仇人變多

我喜歡孤獨，也熱愛朋友。這兩者，並不衝突。

像我這種從農村到城市來的，學業事業全不靠家庭協助安排，這一路上，能夠走到這裡，靠的絕對是朋友。朋友幫我很多，所以我也幫朋友。

幫朋友的時候，我有個原則，就是雖不為之赴湯蹈火（很多路他該努力自己走），但是必不計私利。

我走戈壁的時候，聽一位「艱忍卓絕」的隊友說，他正在創業。我隨口問了他到底在創什麼業。他說，是物流。這個行業，靠的是規模經濟，一聽就很辛苦。每個人之所以會創業，常跟他本來從事的行業有關，他本來就是某外商物流業的總經理。

於是，我在我與企業家朋友們相關的群組幫他宣傳，後來的確讓他有了一些合約廠商。當然，他自己的努力也強過我的引薦。

剛開始，他發現我在幫他時。他私訊我：「你這麼幫我，我要如何酬謝你？」

我回答：「不用。因為你是有為青年。我幫你對我而言，只是舉手之勞。我的朋友們願意把物流生意交給你。其一，他們信任我。其二，他們也信任了你。這是缺一不可的。」

我一直認為「互相幫忙」是人類社會進步的原動力。而事實上，如果你願意幫忙別人，那麼，人們也願意幫忙你。

這是善性循環，付出永遠是相對的，只是有時間差。也許你會說，但是總有些人只片面的要求幫忙，全世界以他為中心，從不感謝，也吝於對他人伸出援手。

那麼，他不能一直圖利於別人的幫忙。

**你所做的事情，永遠像支迴力鏢，射出去，會彈回到自己身上。早晚而已。**

幫朋友忙，是應當的，他過了河，不用懷念橋，但也不能過河拆橋。過河拆橋的，在碰到第二條、第三條河的時候，應該看不到橋。

以投資而言，我是個很理性的人。

打比方說，就算是我的親弟弟或最好朋友，假若他提出一個在我看來穩賠不賺的企劃案要我投資，那麼，我也不會看人情投資。明明覺得不妥，但又勉強投資，最後的下場，除了損失金錢之外，通常還會損傷感情。事業失敗了，而那個人也永遠躲著你。

四十歲之後，我極少投資失敗，就是因為理性評估。

## 絕不要因為「不好意思拒絕」而投資

我在台大EMBA時，投資過兩個朋友的創業。目前已經都入袋了。雖然說也沒有賺取什麼暴利，但以機率而言，誠屬難得。因為商學院同班同學，常有因為投資公司意見相左，發生了種種複雜問題，對簿公堂。

我當時並不那麼懂他們的行業，理性判斷的功力沒有現在深。我當時用的方法是看人。

他們並沒有主動要我投資他們，都是我覺得，此人此行在當時看來都行，主動要求投資。

有趣的是，我投資的這兩位，都是苦學出身，從技職學校出來，一路坎坷才念到碩士。而且他們的個性中都有「愛面子」和「很怕讓朋友賠錢沒面子」的性格。

我自己也有這種性格。

當然，現在所有的行業都面臨了很大挑戰，大部分的行業沒幾年就會遇到一次平台轉移，所以，獲利了結也要看時間點，不能夠貪戀。

我從來沒有投資過那些在學業上一帆風順的人。這些人，創業者少，要創業成功更不容易。因為他們選擇多，退路多，不會看臉色，也常常不合時宜，不知民間疾苦。

到上海念ＥＭＢＡ，同學們投來投去，目前為止，我也只投了兩個同學的事業。他們同樣具有「很怕讓朋友賠錢」的性格，當然，這個時候我也比以前更懂得評估行業遠景了。我不會因為「不好意思拒絕」而投資，因為我不想到最後錢沒有，連朋友都沒有。

毫無理性的人情勸說對我而言是沒有用的。

舉一個例子來說吧。

有一位我真的沒有很熟的A君，曾經要我投資三百萬元，讓他買下一批貨到購物台販售。那一批貨，就是三百萬元整。

我對他講的這種「買空賣空」賺一票的案子並沒有什麼興趣。

「我認為……當時我們公司請妳當代言人，我有對老闆美言幾句，所以妳就看在這個份上投資我吧？」

這是來要人情嗎？那個商品貴公司大賺，比我的代言費多太多了呀。

「可以跟我講理性法則嗎？」不然，只要我代言過的公司的員工出來創業，我都得投資嗎？難道你不知道，最傻的投資人常在演藝圈，因為藝人大多是傻呼呼的在投資呀，但是我一點也不喜歡這樣。商學院不能白念。我內心苦笑。

「那你告訴我，如果我投資三百萬，而你也按你的計畫獲利了結，那麼我的獲利是多少？」

他應該沒有算過，所以沉吟半晌才說：「大概是……四十萬元吧？」

「那你呢？」

「我大概也可以獲利四十萬。」他說。

「期間多久？」

「頂多一年。」他說。

「你的意思是，我要花三百萬元，然後一年獲利四十萬？」我的意思是，我跟你不算熟，我要花賠掉三百萬的風險，去賺那四十萬？

我是頭殼壞掉了嗎？我通過自己的理財運作，獲利雖然未必比這個好，但風險一定比這個小啊。

「對。」

我表示，希望他能夠找到對他的提案更有興趣的人。其一，我不了解他。其二，他不了解我。所以他不知道我對這種只是為了賺錢而「幹一票」的事情不感興趣。

如果負擔風險的人全是我，而且風險無限大（可能人去樓空），而獲利機會比風險小，項目你又不感興趣，又在一個日落西山的平台，為什麼要投資？

我投資的項目，通常都是我自動送上金額去的，就好像我們公司在日本和越南及馬來西亞都有合作窗口，都不是他們來找我的，而是我主動尋找的。有時我會透過朋友來尋找，最大的重點，就在於探詢那個合作對象口碑如何，可不可靠？口碑要看過去表現。

是否能夠獲取最大利潤，並不是最重要的那個點。一個不可靠的合作對象，會讓你悔不當初，通常還會覺得自己很笨，然後恍然大悟：其實，很多端倪在很早的時候就看得出。

無論如何，投資仍然有風險，願賭就要服輸。如果我心甘情願投資的對象，他賠光了我也不會怪他。

這才是朋友。

有這樣的朋友，誰還需要敵人？

## 哪些人不能當朋友？

那麼，活了這麼一把年紀，什麼樣的人絕對不能交朋友？

有些人，人格教養的確有問題。

這樣的人多是心口不一兩面人：與君一席話，會倒三年楣，這種人絕對不能夠當朋友。

人，其實最好不要當兩面人，因為，總有人看不過去，會來警告你：你別跟那個人來往了，他在背後怎樣怎樣說你……。

你應該也碰過這樣的狀況吧？

你一定很震驚，那個人在你面前，對你很親切，很熱絡啊。你一定很受傷，怎麼會呢？我哪裡得罪他？我還對他很好呀？

心理學有個概念叫做「社會比較」。有些人「比較」意識很強。他雖然跟你做朋友，但是你若過得比他好，你的快樂或成就的確刺傷他了，不黑你一下，沒有辦法在別人面前顯示他和你有多熟。

我看過一個真正的例子。（為了不要讓大家對號入座，我略改一下無關痛癢之職銜或狀況描寫）。我的朋友Y，是一位很出名的女性。她有一位友人S，從十八歲就認識到現在，號稱是她最好的朋友。

根本就是從妙齡少女開始就是閨蜜。本來Y的光芒絕對不如少女時代長得美的S。兩個人一起出去，男生看到的一定是S而不是Y。但是Y非常有才華。女大十八變，變得很有魅力。闖蕩多年，職場也有一番名號。S出社會之後境遇並沒有她那麼順遂。

因為工作的緣故，Y還來拜託過我：請你好好照顧S！

我答應了。

但我發現，S從來沒有真心希望Y過得好。

Y年紀不小才結婚。S竟然對我說：「她的感情從來沒有順利過，這個男的對她而言，已經是天菜了。我鼓勵她要好好追求真愛，不要放過這一個呀……。」她用的語氣非常奇怪。

因為我們之間共同的朋友就是Y，我從未主動徵詢她，Y最近過得如何

（如果想知道，我可以自己去問她呀），S卻常主動跟我說，Y對她傾吐，她的老公其實沒有大家想像中好……Y過得有多慘，只是強顏歡笑。S用一種過度激動但又興災樂禍的口吻。我跟她說，當事人的私事，留給她自己去處理吧。

但S總是不由自主的把Y的秘密說了又說。

過幾年，Y的婚姻出了很大問題，她離婚新聞出現的前一天，我在工作上又遇到S。

「妳知道Y要離婚了嗎？我太高興了。」

好朋友離婚，妳太高興個什麼呀？

她連珠炮般的說出她的看法：「那個男的對她非常小氣，就是想要利用她而已！我幾年前有一陣子缺一筆錢，跟Y調一百萬元，她借給我了，我覺得以她現在生意做得那麼好，一百萬應該沒什麼困難才對！前不久我跟她說，我應該可以還她了，她竟然跟我說，太好了，因為她管帳的老公一直在問，我什麼時候會還？以前，她已經擋很久了……她老公根本就是在圖她的錢，連一百萬都要管。這種男人真爛，她離婚，我太高興了……。」

我毛骨悚然。

說實在的，以S那種性格，我絕對不會跟她講任何掏心掏肺的話。有些女人非常喜歡用交換秘密來證明閨蜜交情。在我看來這也是長不大的一種象徵——她似乎永遠留在高中時期，荷爾蒙過剩，所關心仍然只有男人，身材，髮型等各種生物性本能。

「喂，你怎麼都不說你老公……他是個什麼樣的人？」

呵呵。只要聽妳在講Y家的事情，我嚇都嚇死了，誰敢跟妳交淺言深，我沒那麼笨呀。還有妳真的不要忘了，是Y要我照顧妳的，這種背地裡說人的行為，讓人心寒。我只是不想破壞Y對妳的信任，才不想跟她說。

不過，S沒有放過我，她竟然在上某個節目的錄影空檔時，大大談論我的婚姻狀況，說我講到老公時避而不談，是有原因的，她說她從來沒有看過我老公來接我，感情一定有問題。

我碰到她時都是早上，我老公是上班族，又不是無業遊民，更不是我的司機，為什麼要隨侍在側？

講這些，她的目的應該是要告訴別人，我們很熟吧，所以她知道一些別人不知道的內情。很不巧，她在大發議論時，並沒有看清楚狀況，那天的主持人，還真是我的好朋友，而那個節目的製作人，還曾經是我的經紀人，兩個人都在當天來問我，那個S跟妳很熟嗎？

我想，我又被她當作「社會比較」的對象了。

我拒絕了替Y繼續照顧S這件事。沒再見到S，我鬆了口氣。

無論如何，Y現在過得不錯，至於S是不是還是她的閨蜜，也不是我的事，我不需去揭人之短。

只能說，有這種朋友，真的不需要敵人啊。

我很慶幸我沒有這種閨蜜。

**真正的好朋友，對我來說，就是：並不需交換什麼秘密，但你知道，無論如何，他真心希望你過得好。他不用幫忙，但心存良善。有事，盡己所長，沒事，也可以相忘於江湖。**

## 一開始對你太熱情的，翻臉也翻得最快

小心一開始就對你十分熱情，一談就合拍的那種人！

我曾在廣播中念了一篇日本心理學博士榎本博明的文章，引起很大迴響。足以見得有多少人為人際關係生變而痛苦。

他寫道：「小心那些一開始就對你讚譽有加，不知道為什麼就特別中意你的人。如果他是『溫溫的』喜歡你，你不會有太大問題，如果是大大在表面恭維你，表現得熱情無比，那麼不久之後，你可能會發現，黑你最兇的也是他。」

這樣的人我當然碰過。

他喜歡你的時候，好像戴上了一副無瑕疵的完美鏡面墨鏡，把你捧上了天，但是如果有某些因素引發他們的攻擊性，他們也會把你的一個小動作或一句話解釋成惡意十足，動不動就覺得自己遭人背叛，大罵：「我沒想到你是這種人……。」馬上把你從一百分變成負分。

這些人本身情緒化，不穩定，看任何事情都太主觀，所以他會在一開始把

你理想化，偶像化，然後又在一瞬間把你妖魔化，開始抹黑你。

太主觀的人做什麼事都是一百八十度反轉的。

通常，這種人也不難辨別，他必然也在跟你還不錯的時候，攻擊起某些他曾經認識的朋友，說：「我沒有想到他是這種人！」

依照我的經驗，這樣的人的特徵，就是：

一，認識就對你非常熱情，完全美化你，希望你和他推心置腹。

二，他因為評價兩極化，沒有什麼老朋友，因為老朋友都被他發現「原來不是他想像中的好人！」

三，常在背地裡說起某人閒話壞話，企圖和你擁有共同敵人，或積極要你同意他對某人的看法。

很多明星或偶像對於粉絲團裡的類似留言應該不陌生：「我本來很喜歡你，可是你竟然……我太失望了！」我們一般人，也常常被這類似的話所傷害。好像我們做了什麼天地不容的事。這樣的人會把自己的不高興轉成群眾的唾棄。在FB或LINE裡還有幾個分身，留了黑你的話之後，還勤快的用另外一個名字點讚。

榎本舉了一個例子：曾有一位日本女明星，因為一次發言錯誤，每天被幾百則留言攻擊得快要抓狂，引起了媒體關注來報導「後續狀況」，後來她的真實粉絲發動調查：事實上攻擊她的只有六個人。

那六個人原來大多是她的粉絲。他們因為一點小事就覺得自己被「背叛」了，於是反過來瘋狂的咬她。真是「愛之欲其生，恨之欲其死」。

我們這兒的狀況也差不多。所謂網軍，如果認真查起來，類似的發言常由同一個團體有系統的發出，區區幾人就可能影響媒體，帶來一場龍捲風似的輿論革命。

人際關係的損傷，常會讓人暫時覺得憂傷。但其實，你可以不要黯然神傷。他不愛你，就希望全世界不愛你，不是你的問題，而是他自己有問題。

**人生有限，不是所有的人，都必須喜歡你，或夠格當你的朋友。你放心，什麼樣人格的人，都找到和他一樣的朋友。**

任何的感情都一樣，也許當時曾經合拍過，信任過，起誓過，但就算是「穿同一條褲子長大」，都有必須要走自己路的時候。每個人都在變化和成長，也許我們會發現彼此價值觀，人生觀其實有重大歧異，那麼，不如彼此尊重，心存祝福。

道不同，不相為謀，但對於曾經相伴一段，都須感恩。

所謂小人，就是你與我道不同，或你比我發展得好，我就詛咒你，黑你，所謂君子，就是即使絕交，也願你一生平順。

我現在的朋友們，都是一起學習過的朋友，有的是考某些執照或進行某些活動，比如烘咖啡、考品酒師、馬拉松、潛水……認識的，更多是在兩個ＥＭＢＡ中認識的同學。

也就是說，我們都曾經有一個共同目標，對某個學問有過共同研究的熱忱。

朋友的確幫我許多，在精神上。我記得我有一次因為一件生意上溝通之事很生氣，因為對方要求的是比合約上更多的利潤。

我生氣的是：「我幫你時，我都不計較利益；你幫我時，我已經給了你條約上很完整的利益，一點折扣也沒打，沒想到，生意做成，你還想跟我要更多！」

我本來打算不跟此人合作。但找到更合適的合作者還需要一段時間。剛好碰到一位在生意場上打滾了三十多年的同學。他聽了，淡淡的對我笑著說：「其實，這個人在生意場上還是個君子……沒什麼，說清楚就好了。不要放心上。」

「君子？」

「會明著跟你要的，還是君子，呵呵，我最怕那些不說的。」

我當下頓悟，謝謝他的教誨。

他的生意夥伴從利比亞到俄羅斯到阿根廷都有，這麼多年來縱橫世界各地，什麼樣的人都看過，連要他命的也看過，才能夠說出這樣的話。

**好的朋友讓你境界提升。不需交換什麼私人感情秘密，值得交的朋友都是誠懇，善良，各有所長。**

我才不相信那些只一起講閒話和八卦的人，有什麼真正的友誼。君不見，嚼人舌根的最容易窩裡反。

**學習讓你認識真正的朋友，大家必須曾是「同路的」，才能夠互相理解；所以，身體與靈魂，至少有一個要在路上。前進的路上，學習的路上。**

那麼，就算你一個人，你喜歡孤獨，你也不孤單。因為看不見的地方，你有朋友在。

# 19 對過去的恐懼，遲鈍點好；對未來的改變，敏感點好

我坐在越南胡志明飯店的高樓裡，寫這篇文章。出差時同時寫稿，是我這些年來最享受的事情。工作和興趣，對我來說是必須結合的，事實也是相輔相成的。我的海外公司也是一首「流浪者之歌」的副歌。

就拿越南做個小例子好了。

越南經歷了金融海嘯，房地產泡沫，胡志明市市中心都是爛尾樓，二〇一五年夏天，還是無可挽救，才開放外國人及外國公司購買一手物件。二〇一六年初，我在這裡開始發展我的小小公司。我來得不算很早，但是來的時間很巧。

我喜歡越南，有一些奇妙的理由以及因緣。

二十幾歲的時候，我是一個旅遊記者。當時正是台灣錢淹腳目的極盛期，大家都為擠身為亞洲四小龍而驕傲的時候。

我幾乎是第一個前進越南寫系列報導的記者吧。記得當時長髮披肩，穿著類似公主裝，和拿著槍的越南解放軍拍了一張很對比的照片。我巧笑倩兮，他們真槍實彈，但也開心和我合照。

當年，報社並沒有人要當旅遊記者，我的職位算是大家挑剩的，因為這家現在已經倒掉，但過去曾風光一時的大型報社，很多人都是考進去的，進去只考中文，而當時放洋的海歸派很少，有了旅遊版的時候，大家都推說英文不好，不願意做。

我的英文當然比不上ＡＢＣ或海歸派，就是日常溝通和閱讀上沒有問題，剛從英國和法國遊學回來，錢花完了，失業兩個月，焦慮得睡都睡不著覺，有個天上掉下來的旅遊版主編加記者的工作給我做，真是走運。

不過，大家不想當旅遊記者，並不表示大家不想要出國去玩。當時給記者的招待，全都商務艙，五星級飯店，還可以去巴黎看時尚秀呢。那些犒賞式的享受行程，長官都拿走了，不會留給二十幾歲的菜鳥，剩下的就是相對「危險」或「落後」的地方。

如一九九〇年左右的北大荒，才剛剛允許外國人進入的緬甸，剛開放觀光但還要每個觀光客一定要去謁胡志明將軍陵的越南，以及被趕走的華人們才剛獲准回去的寮國，還有地雷尚未完全清除完的柬埔寨。

「誰願意去採訪？」如果我舉起手來，沒人跟我搶的話，那我心裡大概明白，一定是個有危險又沒有人要去的地方。

少小離家的我，其實滿喜歡搭機和到處移動的，一到了機場，連心跳都顯得很興奮，不管去哪裡。

去陌生地方，我不太會憂慮。

當然也遇過一些危險，被搶，被騙，所幸人身安好。

我只要閉起眼睛，就可以想像北大荒銀白色的雪景和我凍硬了的腳趾的感覺；可以感覺到夏日緬甸山區柔軟的晚風和紫色的夕陽；彷彿可以聽見澳洲原野上袋鼠蹦蹦的小小震動以及獵人的槍聲；憶起德里馬路上和河內街道上永遠沒有停歇過的腳踏車及汽車喇叭；也可以回到布拉格宮殿裡管絃樂團的悠揚演奏廳之中……。隨手捻來，每個新奇的記憶都有著難以忘卻的畫面和不同的溫度，那是我所去過的每一個國家所帶給我的驚喜。

我從初中時就很喜歡赫曼．赫塞（Hermann Hesse）的《流浪者之歌》。我的寫作，工作，甚至是創業，都和《流浪者之歌》的情調有一點掛勾。

我從來沒有想過移民，但是我知道我家可以是世界上每一個地方，也期待著到世界上每一個沒去過的地方。沒有任何目的性，就算在一個平凡無奇，沒有任何觀光景點的城市裡，我也能找到某種趣味。

就算是逛當地傳統市場，假裝成本地居民，對我而言也是一個有趣的角色扮演。

## 比起安全，我更喜歡危險

可能因為歷練多了，所以跟一般差不多年齡的人比起來，我不怕。

商學院裡的科目，我最喜歡的是宏觀經濟學。世界性的宏觀經濟，總是能夠吸引我，激發我的想像力。

在異國，我很能調節自己的適應能力。很能入境隨俗。很喜歡不一樣世界，不一樣的觀念，不一樣的生活。年輕的時候，窮有窮的過法，我可以坐在峇里島的榕樹下和大家一起吃芭蕉葉包的手抓飯；經濟無虞的時候，我就不曾在旅行上節省經費。我的思考方式不太一樣，很多人寧願過得壞一些，住得小一些，把錢花在購物上；我情願把錢花在「帶不回來」的感覺上，搭商務艙，住最好的飯店，我喜歡有客廳的房間（如果他們開出的價格不要讓我感覺像搶劫的話）；如果，當地可以有選擇的話。

說說越南吧。三十年前，我就到過越南採訪了。因緣不只如此，我喜歡越南的種種情調，其實和法國文青們的理由相同，我喜歡莒哈絲（Marguerite Duras）。

不管你看不看得懂莒哈絲，她那喃喃自語的句法，和形容感覺的方式，不管翻成哪一個語文，都美妙得無可救藥。越南曾是法國的殖民地，而莒哈絲在越南出生，度過她的少女時期。她寫了一本半自傳式的《情人》，描述她的中國情人和她哀喜雜陳的越南生活以及對原生家庭的愛恨情仇。《情人》電影中那個中國男人由梁家輝主演，非常具有說服力和魅惑感。

讓我來回憶一下莒哈絲的情人……開卷，就把讀者引入了與湄公河為伴的奇妙殖民地風情：

我有一副被摧殘的面容，
讓我再告訴你一次，我那時十五歲半。
在橫渡湄公河的渡輪上，那影像一直持續著，
我十五歲半。

這是情人的第一段。全書充滿朦朦朧朧，缺乏時空感的囈語，她的回憶如同夢境，在虛實之間飄盪。自我，無懼，勇於剖析心聲。

我非常喜歡這本書。某一次清理書架，當我發現我找不到書架上胡品清教授翻譯的《情人》時，馬上認真的上網搜尋二手書，買到了，把它放回書架上，我才心安。我似乎拿它來「鎮」住什麼隱形的東西似的。

無關乎情節精彩或緊湊，《情人》是莒哈絲最好讀的書之一。我雖然很愛她敘述的語句，不過看完她的每一本書前，也可能睡倒二十次……真的沒有辦法一口氣把書讀完。

我是一個莒哈絲迷。她的文字是她的靈魂，我的靈魂應該只能站在湄公河兩岸遙望，卻總是驚嘆於她那飄逸的身影。

莒哈絲是這麼形容「寫作」的：

寫作的人，永遠應該與周遭的人隔離。這是必要的孤獨，作品的孤獨……寫作是充滿我生活唯一的事，它使我的生命喜悅無比。我寫作，寫作從未離開我。

多麼堅定的說法啊。就算這輩子我只是個不成材的作者，我也同樣貼切的感覺到孤獨如此美味。

## 勇於冒險，需要孤獨

喜歡流浪，喜歡不一樣的路，我並不怕孤獨。

這些年來把公司的投資搬到各地，各國，比如說當年前進在大地震中搖搖欲墜的日本，幾十年都停頓發展的麻六甲，和人均ＧＤＰ還不足三千美元的越南。我幾乎都與大群體逆向而行，走得也比趨勢早很多，還好沒有變成「前浪死在沙灘上」。這種孤獨和寫作的孤獨一樣使我的生命喜悅無比。

我記得有無數的人勸過我，也有人勸我專一，也有朋友用嘲諷的語氣說，你就是愛東搞西搞。隨便。你對我的看法，並不代表我對自己的看法。如果一個人做什麼，都要大家都說「對，這樣才對」的話，那麼我相信，他的一生一定庸庸碌碌無所為。人類史上「多數決」的正確道路，都是大家覺得安全的道路，事實上，也都是毫無遠見的危險道路，很像是一隻小老鼠跳進大大的米缸裡，安安心心的吃呀吃的，米缸裡的米還沒有吃完之前，牠都會覺得自己過得安全且舒適，捨不得離開，當米吃完了，牠才會發現，牠已經身陷在缸裡，跳不出去。

所以，比起安全，我更喜歡危險。

的確，我沒有辦法把自己關在某個職業裡。以在電視圈來說吧，雖然我也是有興趣的，也因「利誘」在這個圈子或類型差不多的節目中待過很久，但同樣的人、同樣的故事我都聽到會背了，還可以講得比當事人流暢，要我再熱愛老調重彈，是不可能的。事實上，現在的觀眾也用行動證明了，不長進的電視節目，他們不要看。

這個產業急速的被取代中。變化多端的時代，沒有任何老兵不死的可能。

**勇於冒險，需要孤獨。觀察世界經濟的動向和財富的流向，也需要很理性的孤獨。**

理財投資，也需要理性的孤獨。我常常笑說，當專家的意見都趨於統一時，那一定是最危險的投資。

話說，以我公司的財務運作方式，做的都必須是五年以上的中長期投資，並不能太在乎短期獲利。

果然，越南，在中美貿易戰爭爆發時成了受益者，雖然胡志明市滿目瘡痍，到處施工，城市地鐵的完成仍然遙遙無期，但是這個首都人口平均年齡只有二十八歲的年輕國家，每一次相見，每一次讓我看到它新的實力。

我這一次到胡志明出差，是為了簽約與局部獲利了結。

一到機場，我就遇到詐騙，就在法定的計程車招呼站，一個穿制服長得像女警的人，伸手跟我要了七十萬越盾的車費，放進自己口袋裡。

越南盾有很多個零，我一時反應不過來。我到了車上才想到這車費應該不超過十二萬才對。不過，這時我擔心的是搭到黑車，不知道把我載到哪裡去。

這不是我遇上的第一次。上一趟到胡志明，我也曾經在越南的檳城市場遇到計程車搶匪，他把車子偽裝成合法的車隊，然後短短五分鐘就要價四千萬越盾（大概是一千七百美元左右），警察對於這些專搶外國遊客的傢伙，睜隻眼閉隻眼。不過話說，在貧窮線下的每個開發中國家，都經過這樣階段。幾十年前台灣也曾有因為綁票及搶劫橫行，執行過搶劫者一律處死的法令。

在機場穿制服公然勒索，還真讓人覺得匪夷所思。

我公司向外延伸的第一個觸角是日本。經濟蕭條二十年的日本，是一個非常安穩又安全的國家。和越南迥然不同。

**任何安穩裡都有風險。任何風險中都有安全。這是我的認知。沒有絕對。有趣，新奇，對我而言比安全重要。**（插句話說，如果不是有事，我敬佩新加坡但不愛選擇到新加坡旅行，它實在安全得太徹底。很棒，但是我非此族類。）

## 處理心情SOP

一出機場就跳進了一個亂世裡，雖知風險一定要容忍，但碰到了還是會讓人不高興，心情也會一時掉下谷底，只差沒有詛天咒地。

我已經建立起某種「處理心情ＳＯＰ」：

**一，在觀念上，我知道再怎麼不高興，會低潮，只要你不企圖反覆挽回它，**

**都會成為過去。**

**二，我會用別的方法討自己開心。**

我一向對自己好，也不太了解為什麼身邊的人明明比我有錢卻一直要自苦，到底是要把快樂的利潤留給誰？我對自己好，因為不管怎樣，我所有的謀生方式，靠的都是我的身體和腦子啊，也就是說，我是自己最好的生財工具！

我一定要對生財工具很好。

有時候我真的不太懂那些喜歡拿自苦來炫耀的成功人士。如果你不缺，苦自己是苦給誰看？給網路上那些排富的酸民嗎？你就算把家財全部分給他們，他們也還會嫌少，並且說你偽善。你不用炫富，但又何必故意讓自己過得窮酸？

如果你奮鬥那麼久，還對自己很壞，那對想要奮鬥翻貧的人有任何正面啟示作用？

話說被劫財的我終於平安到了旅館。為了讓我的心情變好點，要求櫃台將我的房間從約九坪換成約二十坪有客廳的景觀房。上電梯時，我的心情馬上舒服很多。

喜歡冒險的人是這麼想的：都遇到了，花時間驚嚇也沒用，擔心也沒用。這種損人利己的無秩序行為事實上是經濟上升社會的某種可見現象。你改不了。

「一個人民所得不到三千美元的國家，你覺得希望何在？」

中美貿易大戰未發生前，聽說我看好越南，商學院的同學不只一個這樣問我。

「你知道全世界平均人民所得最高的國家是哪個？」

答不出來了吧。

照數據來說，是列支敦斯登、盧森堡和挪威。列支敦斯登年所得近五萬美元，所以你會覺得這三個國家商機無限？

當然不會。

當時在台灣經濟起飛時賣了房子移民國外的，都後悔了。

在中國經濟尚待起飛時為了一張綠卡不論怎麼也要留在美國的也後悔了，錯過了最好的時機。

這是非常簡單的道理。

然後，我泡在巨大的浴缸裡看著胡志明市華燈初亮的閃爍夜景，哼著歌，一個人住著漂亮的大房間，寵了自己，我的心情立刻變好。

關於我自己人生的真理，大概可以用三句話形容：

**對過去的恐懼，遲鈍點好；**

**對未來的改變，敏感點好；**

**無論如何，一定要讓自己心情很好！**

如果沒有被那個女警敲詐的話，我可能還沒有這麼多的靈感，寫完這篇文章，呵呵。

順道一提，有關未來，未來三年，變化一直來一直來的速度之快，改變將超過人類近三百年，而人們總是會產生認知心理學所說的「錨定效應」，也就是人們沒有辦法依照全部的資訊來做決策，往往只根據過去的局部經驗認定，因此可能產生了許多判斷的偏差。

比如，電腦剛發明的時候，IBM創辦人湯瑪士．華生二世（Thomas J.

Watson）說，人類世界只需要五部電腦就夠了。當時一個電腦主機可能像一間教室那麼大，也有一個電腦學者，認為每人一部電腦是天方夜譚，絕無可能，現在呢？

對未來的改變，敏感點好！只要你還想好好活下去。

# 20 自己的松果要學會自己理

理財，是我曾經逃避，但一定要學會的東西。

有些人有錢沒錢都痛苦，為什麼？

我喜歡從案例來分析問題。案例，是在這個世界上活生生發生過的問題。

我曾經看到一個來自加州的新聞：一個加州中年男子，本來以木工為業，車禍斷了一條腿後，只能靠每個月兩百元美金的救濟金過活。

有一天，他閒閒無聊看電視，看到了一個拍賣會在拍賣兩百年前的印第安織毯，他覺得好面熟：自家櫃子裡不是有一條嗎？祖母過世之後，一直放在那兒。他把舊毛毯拿出來拍賣，竟然拍到了一百五十萬美元！原來，它是北美原住民納瓦霍族的產品，至少有兩百歲！

這是一個鹹魚翻身的故事，很值得高興，是嗎？

並不是。他沒有開心很久，他把錢拿來在加州買了兩間房子，還有一些看似必要的東西，但一年後錢漸漸花完，房屋的保險金和稅金讓他吃不消（呵，這是我從來不考慮在加州置產的原因，我的朋友已經都發現，高昂的仲介費、維持費，還有各種稅，就算房價漲三成也賺不到什麼錢）。他還是找不到工作，殘障津貼因為一夕致富後被取消，他正打算搬到賦稅較低的愛達荷州，看能不能鬆口氣。

他的人生問題還不止在錢。有錢後，他並沒讓自己的孩子「完全如願」，孩子罵他自私鬼，他的姐姐覺得他拍賣的毛毯也該算自己一份，正在告他！

這個人的人生，其實跟很多人的人生一樣，窮時感嘆，有錢時也會感嘆，問題出在哪裡？出在：他根本不會理財！

**理財的背後不只是盤算錢的腦袋，而是：你如何看待你的人生，如何對待你的家人，如何處理人際關係。這三者都是要「理」的，用的是同樣的邏輯，如果一個「理」錯了，通常其他兩個也不會對到哪裡去。**

我的朋友幾乎都到了中年，不管有多麼優秀的學經歷，甚至從小到大都念第一志願，到了中年，才發現自己「日後可能沒有退休金」或「根本不可能靠退休金存活」的占大多數。

我在影劇圈待了很久，藝人們在單位時間內賺取報酬算是最高的，但是以前的天王天后，到了中晚年後負債比財產多的也占大多數。

可見會不會理財，和智商無關，也和你拿的報酬無關。

## 別盲目相信別人的「保證」

我們先來聊聊什麼叫做理財？理財的最基本原則，應該跟松鼠藏松果很相似，聰明的松鼠，不能夠藏了松果之後，不知道要把它放在哪裡？也就是：在你可以撿到松果的春夏秋天，要能夠存夠松果應付冬天。而且，你存的松果不要給其他壞松鼠或懶松鼠偷走！

如果這些松果好好運用，可以長出松樹，或者形成一片松果田，那就更妙了！（各位，松果只是比喻，千萬不要像植物學家一樣來跟我計較松果是否可以種出松樹等問題！）

很多人都以為理財就是「賺錢」，這是不對的，但是大家習以為常。我不是理財專家，但是我很擅長管理自己的松果。我常常遇到這樣的朋友，坐下來求知若渴的問：「你可不可以教我理財？我都不會。」然後馬上接著問：「請問現在買某股票（黃金）或某國房地產可不可以賺錢？」那個叫做投資，或者投機，絕對不叫做理財。這種想要靠別人的專業知識，亂槍來打松果的人，是最容易被騙的人。他們也許心裡已經想要買某個商品，但追求的是別人的「保證」，越多人保證，他就覺得「好穩定，一定行！」但很可惜，看人類的投資史，從來不是「多數人覺得好就是對的」，在離現在最近的那金融風暴雷曼兄弟倒閉之前，沒有任何理專說它不好，華人圈很常見的「高利貸老鼠會」，每個「教主」都告訴你能保證你獲益，保證你跟著他高枕無憂，保證你錯過他可惜！然後呢？

在升學上，就算你去念「保證你考上××的補習班」，造化也都還要看個人，為什麼你會相信，你把錢放進別人口袋裡，完全聽別人指揮，你就會致富？在我看來，因為這種「需要保證」的心理被騙的人，不是貪，而是懶。或者，兩者兼具。

我不知道你為什麼要那麼在乎別人的「保證」！如果他真的能夠賺那麼多錢，他為什麼要來幫你賺，連你那點小錢也想要納入袋中？你想過嗎？

如果你有這個概念，就不會被坊間很多自稱理財專家騙！那些理財專家，自己沒有什麼恒財，也可能欠一屁股債，他教你理財，是為了推銷他可以賺錢的產品——最危險的就是那些「以小搏大」的，或號稱「穩定高報酬」的。很多名詞，像保本啦、避險啦之類，德國股神安德烈．柯斯托蘭尼（André Kostolany）很早就說那是騙局了，果然到了二〇〇八年之後，多少人的終身積蓄都被騙在這裡。可憐的債券投資人賺取每年低於通膨的利息，還賠掉本金！多麼大的多麼悠久的公司都會倒掉，而且以後也可能會繼續倒，就是金融風暴教給我們的血淋淋的教訓！

有些股市專家自己在股市裡面每戰皆墨不敢講，因為他必須邀請你參加他的股友社！他唯一會的理財技能，就是畫了個大餅，偽裝自己可以讓你賺錢！

另一種心理就是「賺一票」，也就是「一步登天」、「一下子致富」。這種松鼠沒有想到要有恒久財，希望拿一個松果去賭博，賺十個或一百個回來；他從來沒有想過，一百個也會吃完，該怎麼辦？本文一開始那個賣掉毛毯的就是。其實他的人生問題不只出在理財上，他人生看來不太平順，開車開到撞斷腿，姐姐與孩子跟他反目成仇，這些成因全部加總起來，跟他不會處理人際關係，EQ不夠高一定有關係！他不會理財，也不會理人生，所以不管財神爺怎麼愛他，他連拿到的紅包都會變成釘子！

## 自己累積松果的處理技巧

好吧，我們來談處理松果的問題。

處理松果和對待其他松鼠，都需要理性。

**什麼樣的理性？一，知識，二，分寸，如此你就不會人云亦云。跟大多數人動作一致，損失率最高。**

如果你要理財，我建議你不要想把擔子丟給專家，你可以每天看一篇文章，累積一下處理松果的技巧嗎？多年前，文青我是這樣開始的，你可以在網路上找到《華爾街日報》或《彭博商業週刊》的中文網站或鉅亨網，你每天會收到很多對於某國經濟或股市和房市的看法（而且總是可以找到對立的意見）。如果你收到的是「房子一定會漲」，我建議你也搜一下「房子一定會跌」，然後問自己，客觀看來你相信誰？根據歷史數據我發現，果然柯斯托蘭尼的簡單法則都是對的：大家都說沒問題時，一定有問題，有人說有問題時，比較沒問題，任何金融行情總在萬眾齊乎的樂觀中迅速破滅。舉例來說，如果連你家樓下那位你一向不認為有知識的人都投資比特幣賺到錢了，那麼，我真的祈禱你沒有跟著他的腳步（不好意思，比特幣只是舉例）。一個充滿了傻子與瘋子的市場，很刺激，但是應該沒有辦法保證你的松果的安全。

這個叫做「擦鞋童理論」，意思是，如果連擦鞋子的傢伙都說那股票會漲，那你去買，你一定是最後那幾隻倒楣的老鼠！為什麼你要連一個沒有專業知識的人的話也要聽？

也就是如果那隻松鼠無知，為什麼你要聽他的，跟他一起把松果藏在同一個地方？

分寸很簡單。投資和理財都要有分寸！投資，並不保證有知識者獲勝，但是理財，理性者可以持盈保泰。不管你投資什麼，不要把松果全藏在同一個地方；不要想要乘勝追擊；不要因為想要減少損失越攤越平；不要為了藏松果，藏到原來的都消失了，而且還要竟然還賠人家三倍的松果……。你可以「借」一些松果來做運用，但是要估量萬一都種不出松樹來，是否會被吊成松鼠乾的問題……。

理財包括所有收穫松果的行為。摘松果，以及存松果，運用松果。簡單原則如下：

**一，如果你在的森林，已經沒有松果可以摘，那麼與其跟別的松鼠一直打架，你應該要離開舒適圈尋找別的松林！**

**二，如果所有的松鼠都說把松果藏在哪裡最安全，我勸你不要。**

**三，松鼠最好從年輕時就不要相信松鼠國王的話**：如果你乖乖聽我的話，我就保證在你不能工作時給你一天半顆松果之類的。國王很容易不信守承諾，看看希臘老松鼠的下場！國王不是故意騙你，國王自己也不會理松果，牠自己也很慘！

**四，如果你只是把松果存起來，松果不會變多！而且會漸漸變得不新鮮！你必須讓它們有「慢慢按著複利效果」變多的可能。**

**五，松果絕對不能放同一個地方！除非你就只有那一兩顆，那也沒辦法！**

**六，不要依賴著任何人的保證給你松果而過活。**

**七，也不要承諾要給誰一輩子松果吃，讓人一輩子靠你過活，那麼你就是用你的愛來溺死你自己和你愛的松鼠！**

**八，你要有跳到最高枝上摘取松果的能力，如果只是在地上撿，那麼豬也做得到！（如果牠想吃松果的話）**

理財只是松鼠與松果的愛恨情仇，如果松鼠想要持盈保泰的有松果吃，牠一定得有本事，不能只想省事，無所事事，也不能意氣用事！

理財要細談，其實是大學問。

有句簡單的話基本是對的，有一專家說，只要你賺的，都存一半，二十年之後你一定就會有退休金。

但是存一半的確很苦。如果收入不多的話。

## 做一隻了解複利的松鼠

**最重要的，還是松鼠可能要在年輕力壯時就訓練自己有別的松鼠所沒有的特殊技能。**

我之所以能夠在中年後感覺不為金錢所困，和年輕時的打拼有關，也和我是一隻了解複利作用的松鼠有關。

複利作用，就是巴菲特所說的，財富如雪球，你要找到夠長的坡道（早點開始）和夠溼的雪。找夠溼的雪，就是所謂的價格窪地，其實懶不得的，因為時代瞬息萬變，世界上的情勢也瞬息萬變，誰想到恐怖分子會開飛機來炸雙子星大樓？誰曉得中美會打起貿易戰爭？幾十年前誰也沒料到不用現金和塑膠卡就可以買東西，微信隔空就可以打賞呢。

多年來我證明複利是做得到的。事實上只要遵守著某種紀律，投資你相信會有發展的東西（最好是綜合性的，不要是單一公司或國家），那麼，你想要不累積財富也很難。

我做了一個實驗，我的孩子剛出生的第一個月，我就幫她買了基金，每月台幣一萬元，自動在每月五日扣款，我選了一個和她一樣在經濟上年輕的區域，然後丟著不管，她滿八歲那年，已經有三百萬台幣，事實上投入本金不到一百二十萬元（包括每年壓歲錢）。後來是因為中國股市在幾個月市實在太熱，我才用停利不停扣的原則，把她的錢轉到房市去。（請見下方表一）

現金為王，對我來說從來是不對的。會這麼說的人，應該不知道錢是會通膨的，也沒有洞察過NPV（淨現值或貼現值，不管學不學商，這是很重要的概念。凡是可以GOOGLE

**表一　我的八年投資實驗**

| 投資期間 | 2010 年 1 月至 2018 年 1 月 |
|---|---|
| 原始投資金額 | 20 萬元 |
| 每月扣款 | 1 萬元（每月 5 日扣款，共 96 個月） |
| 投資區域 | 大中華區（80%）、印度或新興市場股票基金（20%） |
| 領回金額 | 301 萬元 |
| 投報率 | 2.5 倍 |
| 領回原因 | 投資上海房市，小熊有 1/5 股份 |

（說明：購買管道是網路上的基金平台，我用的是先鋒投資平台，手續費比較省）

的就不在這裡贅述），你永遠不可能用現在來預估你老後需要多些錢才夠。

有規律的分攤進場點，並且採取長期投資投算（錢多的人，包括房地產也可以用複利運作），讓自己連睡覺時都有錢進來，才叫財富自由。

舉例來說，影劇圈雖然鐘點酬勞很高，但仍需用自己最大的機會成本（就是你的命）來換取，並不是真正的財富自由。

什麼叫做複利？

這裡有個簡單的測試，送給那些「現金為王」者。

你放銀行定存只有一%，如果你理財可以有十%，十年後同樣一筆錢會差多少？三十年後呢？（請見下方表二）

一直堅持現金為王者，一定會慢慢慢慢的變窮，因為你的錢不知不覺間變薄了。

我寫這本書，並不是談理財。

**表二　複利終值表**

| | 1 年 | 5 年 | 10 年 | 15 年 | 20 年 | 25 年 | 30 年 |
|---|---|---|---|---|---|---|---|
| 1.00% | 1.010 | 1.051 | 1.105 | 1.161 | 1.220 | 1.282 | 1.348 |
| 10.00% | 1.100 | 1.611 | 2.594 | 4.177 | 6.727 | 10.835 | 17.449 |

只是看見許多人，人生的機會成本（歲月）都沒有了，退休金又面臨不斷縮水，貢獻到老，但老了卻被政府視為是米蟲，不斷刪除你的所得，情何以堪？

每個政府都可能破產。史上已有先例。不管你捧的是什麼鐵飯碗，一定要靠自己。

在我看來，不少從小念第一志願的精英，在年過半百後，能夠微笑說：「我退休沒問題。」的，大概只有百分之十不到。

還有朋友，到了六十歲，問我還來不來得及理財？其實，來不及了。坡道已經不長了，溼溼的雪多半已經溶化了。但總比沒開始好。

這時，再培養什麼技能視野都沒用，創新並不屬於中老年人專長，如果你年輕時已不見長。那麼，好好鍛鍊身體，大量去獲取「自由財」吧。

**別忘了，理財除了理金錢，還「自由財」。陽光，空氣，水……。**

**身心健康，樂以忘憂。這世界上最珍貴的東西，其實都不要錢。但，還需要你的努力！**

後記

# 寧願向陽光多處走，記憶躲在時光幽暗處牯嶺街

我是一個不怎麼喜歡回憶的人。

回憶，都帶著某種魔幻的成分，也常常會跟別人的回憶撞擊在一起。那麼，問題就來了。

每個人的大腦都是個附有修圖功能的ＡＰＰ，會把某一部分美化，某一部分強調，某一部分略去，某一部分完全變形。有時故意，有時不由自主。假做真時真亦假，隨著歲月，本來就很片面的真實變得虛幻難辨。

當回憶變成文字的時候，通常不會只有自己，會撞擊其他人的回憶，就會產生孰真孰假的問題。粉飾回憶，顯得我們對自己不夠忠誠；而就算你描寫的

情節你認為千真萬確，也會引發那些在你回憶中自動對號入座者的情緒激盪。我，是一個一輩子努力寫作的作者，但是，很不幸的，我也是在影劇圈不知不覺露臉過二十年的人，既在幕後，也在幕前，我曾經因為自己寫的故事和文章引發過一些遠超過想像力的麻煩，明槍暗箭來襲的狀況，有時候真的很卡漫，不知怎的，驀然回首，一箭穿心。而通常有人在大街上打你，引來眾人圍觀後，都不會有人關心真實事由，常是看完熱鬧，嘻笑一番，一哄而散。

隨便舉個例子吧，寫昔日校園生活，寫自己怎麼樣被黑，明明沒指名道姓，總會有人認為「你就是在說我」，他並不願面對這個回憶，看見了你這篇文章可能有他，他就發動各種夜襲；大人們總忘了當時曾經怎麼對待小孩，人類永遠想要聽讚美，討厭有人在他背後私語。我不想說謊，我的選擇是不寫。

「你這個年紀，可以寫回憶錄……。」這個建議是我最不愛聽的，我通常一笑置之，回答：「如果我真的會寫回憶錄的話，一定是因為我活得夠久，那些可能出現在文字裡的人，都不會來抗議了，那麼，I WILL DO IT！」

所以我常笑說，如果老天爺沒有意見，我決定要活得像莒哈絲那麼長命，她寫她的《情人》一書時，書中人已經都沒法有意見，包括她的情人，她的兄長，她的母親。

我實在滿佩服或羨慕那些可以叨叨絮絮追憶逝水流年的作者。我，真的不太願意寫回憶，特別是，已經脫離了賣字維生的時期。「牯嶺街少年事件」，這些日子很常提及，四小時的楊德昌原作版本修復了。我總是在一個不相關地方欣賞著。我年少時的練筆之作。我記得，我當時練得十分認真。

ξ ξ ξ

我的一位上海同學說，這部電影，影響他的人生，十分之大。

他是一個成功的互聯網創業者。他說他喜歡那樣的氛圍，也一直讓人生活在電影的淡雅情調裡，雖然台灣的早期經驗顯然與他的人生八竿子打不著，但他幾年來就要再看一遍，捧著它回憶起青澀歲月的某一段時光。我沒有細問緣由，總之他一直是個氣質不大一樣的企業家。

幾年前，我也曾在日本金澤的一個小酒吧裡，遇到一個跟我搭訕的中年人，他知道我來自台灣，跟我說，他很喜歡一部台灣電影，手機拿出來，出現的赫然是「牯嶺街少年殺人事件」，他問我：「妳看過嗎？就是那一部裡頭一直有『Are you lonesome tonight』的歌？」

我的心驚動了一下，然後很平靜的對他說：「曾經看過。」然後就低頭吃串燒。

我想，如果我告訴他，我參與過這個故事，他一定會覺得我說謊，也太巧了。

當然，我沒有再把話說下去，可能跟這位中年文青一點也不帥有關。

呵呵。

我寫完這本書大約是在一九九〇年，我二十五歲左右。一九九一年電影上映，書同時出版。

當時劇本已經大致成型，楊德昌一邊拍片，我在沒人看見的小角落裡默默的寫。我只看過楊導一兩次，當時最初的劇本大綱剛成型，他還正在拍前幾幕，透過出版社的推薦，他面前出現了我這麼一個出過書但還不太有人認識的作者。記憶中的一幕，是他在拍片空檔微笑的對我說：「妳喜歡怎麼寫就怎麼寫，麻煩妳了。」

很靦腆的笑容，如此而已，一種被寬容的自由，我非常感激。

我一直很感謝這種文青之間彼此體會，各自為政的自由。之後我寫過幾部和電影有關的小說，包括徐小明導演的當年坎城影展閉幕片（描寫的也是台灣黑幫）——我幾乎已經忘記曾寫過這個小說，忘了二十多年，在我寫這篇文章時才記起，這部電影真正捧紅的，應該是歌手伍佰吧；還有吳念真導演的「無言的山丘」（寫的是日據時代的九份礦工故事）……這些寫作的挑戰對我來說非常美好，法律系本科畢業卻喜好文學的我，本來就不是一個風花雪月的浪漫文青，甚至有著天生反骨，我喜歡有時代背景的大故事，不論黑白，不管有多殘酷，我喜歡像控制外科手術刀一樣的感覺，鮮血或情緒呼之欲出，但不噴濺過度。

我寫的「無言的山丘」的結尾，甚至還和吳導拍的電影結尾根本不同。儘管基於同一個劇本大綱，那些故事與人物，在文字裡活出不太一致的風貌。

沒有人管我，也不介意，不請求允許。

我不是一個很好的團隊工作者。我很明白自己。後來創業幾本上也全部都是獨資獨裁。我討厭開會，寧願努力蒐集資訊，觀察，讓理由說話。就算中年之後入世很深，是個生意人也是俗人，但前進時始終聽見的是一種「遠方不一樣的鼓聲」，不喜歡排在隊伍裡，也不太在意自己決定做一件事時，旁邊到底有什麼意見。

從心理學來說，楊導徐導吳導都很尊重創作者的「界線」。我自己的作品改編過電視劇，我也不過問，因為我尊重「界線」。

牯嶺街少年殺人事件，整個故事緣起，絕非我的發想，真正的牯嶺街少年殺人事件發生時是一九六一年，那時楊導還是少年，十四歲，和真正的新聞主角茅武一樣，是建中夜間部（同時間上課的有建中補校）的學生。那是他的青春年鑑。一個壓抑的，還在戒嚴的時代，一個覺得組黑幫很屌的少年，在其實還不了解那是愛還是痴迷的年紀，為了某個單純又糊塗的理由殺了他的情人。

時代和大人們才是這個事件的教唆者嗎？如果不是楊導，在那個只有靠剪報能夠找到新聞事件的年代，我無由知道事件的始末。那年，我根本還沒出生。

這個真實事件其實殘酷，被殺的女孩，父親在一九四八年的內戰中殉職，母親帶著才兩歲的她到了台灣，相依為命；女兒被殺之後，母親吞金自殺，後來被救活了。

茅武出生在書香世家，哥哥們都在台大，姐妹都是北一女，他一個人念建中補校，又因持刀到學校去被退學。我想除了情人移情別戀之外，他的壓力本來就很大，那無可揮發的青春，跟黑幫兄弟在一起，圖的是一點熱度與火花。

我看過當時的判決文書。後來，茅武家被判賠償十二萬多台幣，那個年代，錢比現在大，但也絕不是一筆鉅款。嗯，一條年輕的生命在那個年代的估價。

據說茅武坐了十年牢，出獄時二十五歲，後來改名到了美國，從此消失在所有人的眼耳中。

然而，或許就是緣分，我跟牯嶺街的淵源很深，我的最精華少女時期，十五歲到十八歲，就是在牯嶺街殺人事件（當時的原址應該在牯嶺街五號附近的暗巷裡）事發現場度過。那個時候我從鄉下來念北一女，最便宜的學生宿舍在牯嶺街，裡面住的大部分是北一女學生，八個人或十六個人一間，像集中營一樣晚上十點熄燈（我的記憶細節從來不是清晰的），有個七十歲的女舍監，罵起人來很恐怖，只有她的房間裡有電視，聽說她是抗日女英雄。我忘了她的臉，因為，我始終不敢直視他的臉。

幾百個女生擠在兩層樓的老房子裡，共用八間浴室，沒有洗衣機，沒有供膳，沒有隱私。父母給的生活費也不夠充足。燈光永遠不足，讓我在十八歲時近視度數高達八九百度……到處充滿規矩，否則舍監罵人如刀切菜。這三年牯嶺街生活給我最大的啟示，正是英國女作家維吉尼亞．伍爾芙（Virginia Woolf）所說的：「一個女人如果真的要寫作，一定要有獨立的經濟能力和自己的房子。」

我記得，有一回我和一位可能是參加救國團認識的建中同學（牯嶺街離台灣排名第一的男子高中——建國中學很近）在宿舍入口的地方交談（我保證兩人相隔一公尺遠），女舍監買東西回來，看到了，對我破口大罵說：「狗男女！」

桌上一個枱燈都沒有，在共用光源下，當大家都在啃書，而你在稿紙上寫作，是一件怪事。接到退稿，更是一件怪事。少女時期的我懷抱著作家夢，努力不倦的寫，把寫作當成自己唯一的精神生活，卻連自己也不相信自己有朝一日會成功。

我不喜歡憶舊，是因為那個日子還真過得枯燥而辛苦，連笑都不能張狂。除了考試，就是規矩，我其實是個想法不太一樣但行為還算乖巧的學生，但也常常因為某些我想不到的理由進出訓導處。有一次，不知道在作文簿裡寫了什麼，老師給我一個大大的零分，還揚言把我送到隔壁的警備總部（有關警總的威力，「牯嶺街少年殺人事件」描寫得很深入），還請我父親到學校來討論我的思想問題。我不太願意回想那個國文老師的名字，那幾年的國文課對我是一場綿長的噩夢，不過，當我變成一個「商業暢銷作家」時，我仍然認為我該感謝那位老師，因為我心裡其實一直想告訴她，妳，不該給我零分，妳記得嗎？

我和楊導一樣，少年時代都在牯嶺街度過，雖然他早我十八年，但是戒嚴時代的氣氛並無二致。對於既得利益的控制者而言，讓百姓生活一直保持在同一個樣子，同一種氛圍，是最安穩的方式。

那三年，台灣仍然戒嚴，美麗島事件發生，反政府者皆被打成「匪」，林義雄家發生了滅門血案，似乎黑暗中有隻手，藉此殘忍的殺雞儆羊要所有反對者不要再輕易嘗試。至今，沒有找出任何兇手……。

活在牯嶺街的少年時期，讀書是為了聯考，其中都是禁忌，我很少真正笑過或覺得生命有意義。我持續寫稿，是在跟自己對談，怕我的靈魂在那麼年少就死去。

ξ ξ ξ

在我當一個「大眾暢銷作家」時，我寫作品，勵志，陽光，就算包容著鐵錚錚的現實，但也從來不是冰冷曲調。

我喜歡鼓勵人看著未來，突破障礙，因為未來可以充滿想像力。我根本是早期的「雞湯」烹調者。

所以我從來沒有提及過「牯嶺街少年殺人事件」。更不想借之來宣傳什麼。那是楊德昌的代表作，我尊敬這一部作品，也把它放在我心中的重要位置裡，但是我不想要依附它什麼。我當時只是一個努力的寫作者，企圖對得起那個時代，那一幕幕驚心動魄又帶著唯美感傷情懷的場景。

楊導的原版拍了四個多小時。

這本小說，我只寫了六萬多字。往壞處說，真不細緻，往好處說，我不囉嗦。那個氛圍，我用我可以使喚的文字留住了它。

二十多年過去了，我很不想回憶，也是因為，為了寫這本小說，我本來很單純的人生發生了很多事，驚險，但說真的沒有太愉快。

我記憶中最荒謬的場景是一個荒廢的，一樓到處掛著蜘蛛絲的咖啡廳。

後來我在某報社當個安安靜靜的小編輯，有人託了人找到我，說要跟我談談。

把我帶到了暗巷裡一個好像已經停業的咖啡廳。然後要我走入地下室，真是一級一級通往沒有光的所在。

「你知道我是誰嗎？」一個中年人，文質彬彬，是他召見我。旁邊有幾個大男人圍著他。

我真不知道他是誰。

他說，他很喜歡我在《牯嶺街少年殺人事件》中的寫作方式。內斂，乾淨，冷冽，無過多情緒，對他們那個年代的江湖用語彷彿瞭若指掌。

「你的黑話，用得很適切。」他說。那是另一段驚險故事，為了了解那個時代的江湖，我採訪了許多比我大了二十歲左右，混過幫派的大哥大姐們。如果不是寫這本小說，他們的世界，離我非常遠。

「我這一生很精彩，希望你能來幫我寫傳記。」他說。

我……我……我……。

我們只聊了一個小時吧，忘了我答了些什麼，他對我下了個結論說：「其實，妳的個性也很江湖兄弟啊。」

呵，各位要知道，當時我可是一個長髮披肩，穿著公主裝的年輕女子而已，不認識我的人都說我很秀氣……。

我沒有幫他寫傳記。因為他是當時的重要通緝犯。不久，他就遠離了這個島嶼，很多年很多年，消失在新聞裡。（提及現實人物，不管他是否還在世間，大凡我的記憶和別人的記憶有衝撞的地方，我仍然是小心的。）

有關那些提供我素材與幫我做黑話釋疑的大哥大姐，有幾年時間他們還是我的朋友。有一陣子我失業，還有人有義氣的幫我找工作。但是，我也很慶幸我沒有過和他們一樣的生活。畢竟，如果不生在亂世，常常演《水滸傳》並不是很妙。

隨便再釋出一則早已忘卻的記憶吧。有一次，我在某一咖啡廳採訪其中一位我確定他早已退出江湖，而且還在職場上做得有聲有色的大哥級人物。旁邊桌子有個中年人，說話大聲了點，很吵。肆無忌憚是有點討厭，但是一般狀況，大家都會忍受。

忽然間，我看到桌上的玻璃煙灰缸就這樣飛出去，打得那個中年人鼻子滿是血。

這不是我的幻想。

你可以想見我當時多麼像一隻被丟在槍林彈雨中的天竺鼠。

凡事不能好好講嗎？

我從他們的性格裡頭看見某種東西。一種任何教條或法則並非真的可以控制的東西。

特別是有些友誼還真難擺脫，為我當時製造了不少苦惱。

這讓我悟到，武俠或幫派小說，總寫到一入江湖，金盆洗手就難。那難，其實不是因為他的幫派捨不得他，而是他的性格像水壩閘門一樣，那個門有時候會壞掉，洪水會沖出來。

還是回來說作品吧。我不提起，是因為《牯嶺街殺人事件》和我的主要作品南轅北轍，就算是在行銷策略上，絕對不相得益彰。

但我也必須承認，我並不永遠只想寫雞湯。

我也喜歡閱讀宮部美幸小說裡那些讓人打寒顫的殘忍情節。

我其實寫過一兩個殺人案，但沒寫完，如今停棺在我的電腦裡。

我的確有另外一面。在寫《牯嶺街少年殺人事件》時，我意識到它。那一面，陽光並不普照。並不美好，但卻很重要。

只有甜味，食物是不會太好吃的。

它是我珍重的另一種不能沒有的味道。

我不喜歡從什麼抗議社會殺人的角度去理解電影的或事實的《牯嶺街殺人事件》。似懂非懂的青春，衝動與熱血與義氣始終是相似詞，荷爾蒙裡面所飽含的不可控制因子，還存留來自於原始基因的呼喚，是那麼危險，又那麼樸實。

有些事情，只有你年輕的時候會那麼想，那麼做。

是的，回憶珍貴，但多半時間我不喜歡回憶，我喜歡往前。不小心提當年勇時，我心裡都有個聲音告訴自己：妳老囉？停止吧。

我最喜歡的作品，永遠是我想要寫出來的下一本書！

有方之美 003

人生雖已看破，仍要突破

**作者**　吳淡如｜**社長**　余宜芳｜**副總編輯**　李宜芬｜**封面設計**　陳文德｜**出版者**　有方文化有限公司／23445 新北市永和區永和路 1 段 156 號 11 樓之 2　**電話**—(02)2366-0845　**傳真**—(02)2366-1623｜**總經銷**　時報文化出版企業股份有限公司／33343 桃園市龜山區萬壽路 2 段 351 號　**電話**—(02)2306-6842｜**印製**　中原造像股份有限公司——初版一刷 2019 年 3 月｜初版十一刷 2023 年 9 月｜**定價**　新台幣 320 元｜

ISBN：978-986-96918-5-7

人生雖已看破，仍要突破 / 吳淡如著 . -- 第一版 . -- 新北市 : 有方文化 , 2019.03
面；　公分 . -- ( 有方之美 ; 3)

ISBN 978-986-96918-5-7（平裝）

855　　108001753